AF431679

Esta es mi ópera prima. Una obra en la que encontrarás aventuras, risas, sensualidad, una alta concentración de sentimientos y mucho romanticismo. Esta novela terminada en 2005, está basada en hechos reales y vivencias propias adaptadas al relato. Espero de todo corazón que disfrutes con mi trabajo

Gracias por dejarme entrar en tu vida y compartir contigo estos momentos tan entrañables.

¡Disfruta de Otra Vida!

JOSE RUBIO

Otra Vida

Edición de

Nerea Rubio

Registro de Autor Nº: SE-477-05

ISBN: 9798845651808

2

Capítulo 1 "Tiempos Apresurados"

Lo recuerdo perfectamente, casi como si fuese ayer. Rondaba el año 1899 y un montón de cambios se preveían en el pueblo, la ciudad y creo que en general en todo el mundo. Cambios políticos, de modas, e incluso de estado civil para mucha gente y sigo sin entender el por qué se instaló esa creencia de que había que casarse antes del nuevo siglo, quizás era simple superstición.

Todos se apresuraban en buscar esposa, en construir y reformar casas, etc. Todo mí alrededor estaba en continuo movimiento.

Yo, por mi parte, trataba de vivir ajeno a toda aquella locura, a ese tiempo de desafuero y liviandad. Aislado de todo aquello, vivía con mi familia adoptiva en una pequeñita granja, al sur del pueblo, muy cerca de las montañas que lo rodeaban, justo detrás del Gran Lago.

El paisaje era maravilloso. El aire con ese olor tan agradable a hierbabuena y al perfume de las florcillas moradas contrastando su intenso color con el verde del fino manto de hierba y un salteado entresijo de tulipanes amarillos.

Me pasaba los días ayudando en las tareas de la granja, que no eran pocas y ni siquiera veía a mis vecinas más próximas, la señora Mercedes y su hija Nassay.

La señora Mercedes que vivía en una casita al oeste del lago a unos 400 metros de la linde de nuestra granja, era una mujer encantadora y preparaba un asado de caballo exquisito.

Su hija, la joven Nassay, era realmente bella. Tenía una

miranda profunda y largos cabellos negros como el azabache, unos labios que...era el ser más hermoso que jamás había visto.

No sólo era bella, además muy inteligente y educada, la chica más lista del pueblo. Nassay también heredó el arte culinario de su madre, pues preparaba unas tartas que ganaban todos los años el concurso de postres de la primavera del condado.

Aquel año lo recuerdo en especial, cómo olvidarlo. Ella cumplía su vigésimo aniversario en Abril y a esa edad se alcanzaba legalmente la mayoría de edad y como era costumbre se daba una gran fiesta en la que se reunían todos los jóvenes del pueblo.

Me encontraba yo reparando una parte del vallado cuando oí como mi madre me llamaba a gritos y sorprendido acudí enseguida a ver qué pasaba.

- ¿Qué ocurre mamá? - le pregunté asustado.

- Han venido a verte hijo. - me dijo con tono intrigante.

Cual sería mi cara de asombro cuando vi a aquel ángel en el recibidor de mi casa esperándome, a mí, al joven más solitario y extraño del pueblo.

- Ho-o-o-o-la, ¿co-como estas? - tartamudeé sin remedio y las piernas me temblaban.

Nassay sonrió dándose perfecta cuenta del estado nervioso que me recorría cada centímetro del cuerpo y dijo:

- Hola Daniel, he venido a invitarte a mi fiesta de cumpleaños. Además necesito que me hagas un gran favor.

- Sí, sí, sí, claro, lo que-que qui-quieras. -tartamudeé otra vez.

- Verás, mi madre y yo necesitamos que nos repares el cercado del huerto, pues se ha roto y los caballos se comieron todas las verduras, ¡es un desastre!

- Bien, mañana a primera hora estaré en tu casa y dejaré todo como nuevo.

- Muchas gracias, sabía que podía contar contigo y por eso te traje este pastel que yo misma he preparado hace un ratito. Ten cuidado que aún está caliente.

- Gracias Nassay, no tenías que haberte molestado.

- No ha sido molestia, lo hice con mucho cariño para ti, Daniel.

Y la cara se me encendió como si estuviese encima de una hoguera. Mi madre comenzó a reír con unas carcajadas un tanto exageradas que en cierto modo me incomodaban aún más, y despidiéndose de nosotros algo sonrojada, Nassay se marchó.

Volví a mi trabajo y quise continuar reparando mi valla pero me fue imposible concentrarme. La veía por todos lados, a donde quisiera que mirase veía su rostro. Trataba de clavar un clavo pero sólo conseguía golpearme la mano.

¿Qué me pasaba? Recogí las herramientas y me fui para casa dejando el trabajo pendiente para otro momento de más lucidez. Quise encontrar una explicación lógica a todo aquello. Busqué en libros de naturaleza y medicina que teníamos en casa y no encontré nada. Me quedé en mi habitación todo el resto del día soñando despierto, imaginándome miles de historias junto a Nassay hasta que me llamó mi madre para cenar. Y aunque reconozco que estuve ausente en la cena, nadie hizo ningún comentario. Quizás a ellos ya les hubiese pasado algo así y lo comprendían, pero lo cierto es que sentía tanta vergüenza que no se me ocurrió preguntar.

Al día siguiente, ahí estaba yo, con mi caja de herramientas en la mano, parado delante de su puerta, lleno de miedo y pensando en qué forma llamar, hasta que me dije: - ¡Qué demonios, si me han llamado ellas!

Así que tragué saliva, esperando ver su cara cuando abriese la puerta, pero, ¡Qué sorpresa me llevé! al ver a la señora Mercedes con un camisón de raso, color beige.

Me invitó a pasar y me dijo que Nassay estaba en el establo dándole de comer a los caballos.

-¿Quieres que la avise? ¿Te sirvo un café? Acabo de prepararlo. - dijo amablemente.

-No, gracias. Me pondré manos a la obra enseguida. Sólo dígame por donde quiere que empiece, doña Mercedes.

Pasado un buen rato de haber comenzado la faena, noté un ligero toque en mi espalda a la vez que vino a mi nariz una delicada fragancia que me resultaba algo familiar. Miré hacia detrás y allí estaba ella. Era en ángel más bello que jamás ningún hombre contempló.

- Hola Daniel, buenos días ¿qué tal va el trabajo? ¿Tienes sed? ¿Te apetece una limonada fresca?

Y sin darme tiempo a contestar me dijo que me la traería enseguida.

- Como quieras Nassay, esto no me supone mucho esfuerzo. - le dije algo nervioso.

Y en lo que traía las bebidas, terminaba de colocar el último tablón. Di el siguiente martillazo y acabé de reparar la valla.

Seguidamente me puse a recoger mis herramientas, mientras disimuladamente la buscaba con la mirada.

Ahí venía ella con su bandeja de madera fina.

El sol de la mañana atravesando su hermosa melena negra le regalaba a mi vista unos destellos de luz azulada casi mágicos.

- ¡Qué bien ha quedado! Muchísimas gracias Daniel, eres un cielo. Vamos a tomarnos la limonada, ¿te parece? - dijo Nassay con una gran sonrisa.

Y yo volví a ponerme rojo como un tomate maduro, pues había que tener valor para estar junto a aquella mujer.

- La fiesta será a las ocho de la tarde, no te retrases.

- No, no. ¡Estaré aquí a las ocho en punto!

Aquella tarde la pasé delante del espejo cambiándome de ropa y peinado al menos cien veces. ¡Qué nervios pasé!

Aún no eran las ocho y yo salí corriendo hacia la cita. Una vez en la fiesta, pude ver que había muchos jóvenes de los que apenas me sonaban sus caras. Las hogueras estaban encendidas y chispoteaban, la música sonaba y todos bailaban alrededor del fuego cantando y bebiendo entre risas y gritos. Veía su alegría y vivía la fiesta sólo, desde un rincón. Podía ver como la luz de la luna nueva iluminaba el paisaje, las montañas, el lago, etc...

Mirando las estrellas, que brillaban tan fuertes como si fuese la última vez que luciesen, percibí un aroma conocido que hizo impulsar los latidos de mi corazón a un ritmo muy acelerado. Seguidamente noté un ligero golpecillo en la espalda y como si supiese ya de quien se trataba, mi cuerpo se estremeció. No cabía duda, era su olor y su forma particular de llamarme.

- ¿Qué haces aquí tan solo Daniel? ¿Acaso no te diviertes?

- Sí, la fiesta está muy bien y tú, tú estás más hermosa que la propia luna. ¡Dios! ¿Cómo tuve el valor de decir aquello? Por un momento deseé que no me hubiese oído, pero Nassay clavó su mirada en mí y me dijo unas palabras que jamás podré olvidar:

- Veras Daniel, quiero decirte que significas mucho para mí aunque apenas hayamos tenido relación. Es cierto que hemos pasado muy poco tiempo juntos pero siento que eres el chico más importante de mi vida. No te preocupes más por gustarme o tengas celos de nadie pues para mí no hay otro como tú. Disfruta de la fiesta.

Y sin más explicaciones, pasó su cálida mano por detrás de mi cuello haciéndome sentir un tremendo escalofrío que me recorrió cada milímetro del cuerpo acercando su boca a la mía para fundirnos en un dulce y apasionado beso que nunca olvidare.

Todo mi ser temblaba cuan animalillo abandonado en una fría tormenta de invierno. Creí que el corazón se me saldría del pecho y hasta la vista me falló. Ella sin mediar más palabras se marchó y siguió atendiendo a los invitados y animando la fiesta como sólo ella era capaz de hacer.

No podía dejar de mirarla y pensar en aquel beso que me quemó el alma y los labios. Aquella muestra de pasión me embaucó de tal modo que decidí acercarme al barullo de gente y tomarme un gran vaso de ponche. O quizás dos y lo hice de un golpe como si acabase de llegar del desierto.

Una sonrisa de oreja a oreja me iluminaba la cara y aunque más de uno me miraba asombrado, el poco alcohol de la bebida y la sensación de sentirme el hombre más poderoso del planeta me hicieron soltar un gran: ¡Yiiiihhaaaa!

- ¿Acaso tengo ranas en la cara? - le pregunté a un joven que me miraba boquiabierto.

La fiesta transcurrió alegremente para mí al menos y sin despedirme de nadie me fui en mi nube, flotando hacia mi casa.

Al día siguiente, me levanté totalmente decidido a buscarla. Ir a su casa y hablarle, contarle mis sentimientos, a decirle que me sentía enamorado de ella.

Me dirigía a la puerta de casa para salir, cuando mi madre entraba con una carta en la mano y con lágrimas en los ojos me dijo:

- ¡Es tu hermano Roland, lo han herido!

Mi hermano mayor estaba en el frente, en la guerra, muy lejos de casa. Le dispararon y tuvieron que amputarle la mitad de su brazo izquierdo. Al parecer gracias a él, salvaron la vida muchos de sus compañeros de pelotón, por lo que le concedieron una medalla al valor y lo enviaban a casa, en cuanto estuviese estabilizado y listo para viajar. Así que después de aquella noticia, nos quedamos un poco traspuestos y perdí el valor que tenía para declararme. Pero... Cuál fue mi sorpresa, cuando aquella misma tarde, mientras me asomaba cabizbajo por la ventana de mi habitación, vi a Nassay que venía hacia mi casa.

Bajé las escaleras de un salto y abrí la puerta como si la casa estuviese ardiendo.

- Hola Daniel, ¿te apetece dar un paseo conmigo?

No daba crédito a mi suerte. Yo que me consideraba un lobo solitario, un ser extraño, tal vez diferente a los demás y allí estaba la mujer más bella y deseada del pueblo, solicitando mi compañía. Era increíble, ¿debía suponer que lo que ocurrió en la fiesta fue cierto?

- Por supuesto que te acompaño, hasta el fin del mundo si es preciso. - Exclamé, provocándole una bonita sonrisa.

De modo que comenzamos a caminar dirigiéndonos hacia la

orilla del lago. Los dos con la cabeza agachada y la mirada perdida. A la vez dijimos nuestros nombres y le di la palabra a ella.

- Tú primero. - le dije.

- No, tú. - insistió ella.

Y comencé a hablar:

- Mira Nassay, soy consciente de que eres una chica con un futuro muy prometedor y que yo sólo soy un pobre chico adoptado que no conoce ni a sus padres, de modo que comprenderé perfectamente que lo de anoche en la fiesta, no fuese más que un arrebato de cariño o agradecimiento y trataré de olvidarlo, aunque me va a costar mucho.

- Que no Daniel, que no me importa nada de eso. Sé que eres un buen chico y tú no tienes la culpa de tu pasado. Además no estás nada mal. - sonrió pícaramente y continuó.

- Yo siempre me he sentido fuertemente atraída por ti y desde hace tiempo siempre quise decirte algo, pero nunca tuve valor, pues la costumbre es que el chico se declare y no al contrario, eso no está bien visto aquí, pero no puedo más.

Y como si el mundo se detuviese y los pájaros enmudecieran se hizo alrededor un silencio en el que sólo sonó una voz que dijo:

- Te quiero Daniel.

No podía ser, no me podía estar pasando esto. Es que tan rápido. ¿Acaso estaba soñando?

Me paré debajo de un árbol y me senté.

- Ven, siéntate conmigo Nassay. ¿Sabes que para mí eres como un sueño? ¿El sueño de mi vida? Me sentía atraído por ti desde el primer día en que te vi, fue como un flechazo, pero soy tan tímido que no me atrevía ni tan siquiera a pensarlo con mucha fuerza, ni a mirarte. Tan solo con saludarte me daba taquicardia. - le expliqué con cierta mirada apasionada.

Entonces ella se apoyó en mi pecho y me cogió la mano izquierda mientras yo le acariciaba su largo y suave pelo negro con la derecha. Allí, llenos de amor, nos pasamos varias horas sin decirnos palabra, sólo caricias, dulces y delicadas caricias que hacían detener el tiempo a nuestro alrededor.

Entre paseos a caballo, risas, besos, baños en el lago a media tarde y toda clase de muestras de cariño, pasamos juntos casi las veinticuatro horas del día de toda aquella primavera.

Una cálida noche, ya entrado el verano, me costaba conciliar el sueño, de manera que se me ocurrió dar un paseo e ir a visitar a mi bella Nassay. Salí por la ventana para no hacer ruido y no despertar a nadie.

Eché a correr hacia su casa, con la única luz de la luna llena iluminándome el camino. Una vez allí y con el corazón saliendo por mi boca, comencé a tirar piedrecillas al cristal de su ventana. Algo tal vez molesto, pero no se me ocurrió otra manera de despertarla sin que su madre advirtiese mi presencia. ¡Y funcionó!

Abrió del todo la ventana encajada y se asomó.

- ¿Qué haces aquí a estas horas? ¿Te has vuelto loco? - Me

preguntó en voz baja.

- ¿Por qué hablas en voz baja si dices que tu madre no se entera de nada? - le dije.

Ella rio con una tímida carcajada y me dijo:

- Vamos, sube por la empalizada y que no te oiga mi madre, ¡vas a conseguir que nos maten a los dos!

Una vez en su ventana, ella me sujetó el brazo y me ayudó a entrar en su habitación. Me dispuse a contarle por qué estaba allí.

- No podía dormir, Nassay y se me ocurrió venir a tu casa. Perdona mi atrevimiento, por favor, espero que no te enfades conmigo. Le susurré cabizbajo al darme cuenta de que pude haber metido la pata.

- Bueno Daniel, no está bien, pero si puedo ayudarte con tu insomnio creo que debo hacerlo ¿no crees?

Los dos nos quedamos de pie el uno frente al otro, junto a la cama, sonriendo, cómplices del momento. Le agarré sus manos y las llevé a mi pecho.

-Siente mi corazón agitado Nassay.

Después con mis dedos me deslicé por sus brazos y puse mis manos sobre su corazón que también latía muy deprisa.

Lentamente acercamos nuestros rostros y comenzamos una mezcla de besos y caricias que nos hacía estremecer a ambos. Nos fuimos desnudando en uno al otro hasta quedar totalmente sin ropa. Las piernas me temblaban. Me quedé asombrosamente fascinado al ver su maravillosa silueta dibujada por la luz de la luna. Su piel morena brillando bajo aquella mágica luz. Un cuerpo realmente perfecto que jamás imaginé ver en semejante esplendor. Una continuación de curvas que ningún artista podría trazar con su pincel.

Poco a poco dejamos caer nuestro cuerpos sobre su cama para anudarnos como un solo ser durante toda la noche. Apenas reparamos en el tiempo, que transcurrió muy deprisa, hasta que caímos exhaustos.

Al despuntar el alba, me levanté de su cama dejándola a ella dormida, me puse la ropa en silencio y me marché sigilosamente por la ventana por la que entré. Mientras los primeros rayos de la mañana llegaban a la superficie del lago, en mi camino a casa trataba de ser consciente de que había pasado toda la noche haciendo el amor con mi dulce Nassay, que ahora sería para toda la vida y que jamás nada ni nadie nos separaría.

Entré en mi casa y extenuado caí en mi cama como un peso muerto y enseguida me quedé profundamente dormido.

Capítulo 6 " El país me llama "

A media mañana, alrededor de las doce, mi madre gritaba mi nombre desde el porche de la casa, la voz venía de afuera. No era normal que estuviese durmiendo hasta tan tarde, así que bajé a desayunar. Mi madre me regañó un poco por no haberme levantado como de costumbre para ayudar en las tareas de la granja. En medio de mis disculpas, llamaron a la puerta. Era Ralph el cartero que me traía una notificación certificada del gobierno.

- ¿Para mí? - le pregunté con desconfianza. Y sí, era para mí, nada menos que del Ministerio de Defensa. Tan sólo era para solicitar mi incorporación inmediata en el servicio militar, como soldado del país. ¡Já! ¿Cómo soldado yo? Pues para una carta que recibía en muchos años, resultó ser de reclutamiento. ¡Qué desgracia!

- ¡El país te llama! - me dijo Ralph dándome una palmada en el hombro antes de marcharse.

De pronto miles de preguntas se me agolpaban en la cabeza como, qué haría con mi nuevo amor, la dulce y bella Nassay. El destino ya estaba escrito y el mío decía que me iba a filas. A un campamento militar a más de dos mil millas de mi casa, a varios días en tren de allí.

Como sólo disponía de un día para prepararme, tuve que pensar muy deprisa para no olvidar nada ni a nadie importante, aunque supongo que en estos casos la intención sólo no cuenta y acabas olvidando cosas.

Lo primero que quise hacer, era comunicárselo a Nassay y como era de suponer, no se lo tomó muy bien. Me acompañó en todo momento hasta mi partida. Le aconsejé que rehiciese su vida y que no malgastara su tiempo esperándome, pues en tiempos de guerra, era muy probable que me enviasen al frente al acabar el período de instrucción, más fue en vano. Llorando me juró que me esperaría hasta el fin de sus días y que nunca podría enamorarse de nadie más.

Por mi parte, no me quedaba más remedio que resignarme y hacer todo cuanto estuviese en mi mano por terminar la guerra sano y salvo, aunque eso no dependiese de mí.

A comienzos del otoño, me encontraba en un gran cuartel militar alejado de toda civilización y con unos miles de compañeros de los cuales conocí en profundidad a dos de ellos. El de la litera de arriba y el de abajo.

Quizás me sentí identificado con ellos, quizás solamente me cayeron bien, no lo sé. Se llamaban Tony y Alex, unos tipos de lo más pintorescos y descentrados, algo extravagantes.

Tony era un chico de ciudad, de esos jóvenes duros y marginados de algún núcleo urbano muy grande, una de esas grandes ciudades a las que las gentes del campo se marchaban en busca de mejores salarios y comodidades que las que la vida del pueblo les daba. Pero a la vez, este tenía un corazón de oro y no soportaba ver cómo abusaban de los débiles en su presencia. Físicamente, Tony no era muy alto y más bien delgado pero con unos músculos muy trabajados y pequeñas cicatrices en manos y brazos. Daba la sensación de que no había tenido una vida muy fácil.

Alexander sí que era un tipo muy alto, casi dos metros de puro músculo y sólo músculo ya que el pobre era algo... simple, aunque de gran nobleza y bondad.

Con una voz bastante grave y muy velludo, un auténtico hombre prehistórico.

Recuerdo un día en los entrenamientos, que nos hicieron correr durante más de cuatro horas seguidas y casi al final de la marcha, Alex cayó desplomado y extasiado poco antes de llegar a la cima de la montaña. Todos sentimos temblar la tierra cuando cayó al suelo semejante personaje.

Entretanto pasábamos el período de adiestramiento, todo lleno de anécdotas, llegó el examen final de la academia. Un examen en donde se decidía el rango y destino de cada soldado.

Alex, no consiguió ningún rango por lo que su nota final le proporcionó el nivel de soldado de primera y lo destinaban al frente. Tony, algo más hábil, consiguió la calificación suficiente para ser cabo y por supuesto iba también al campo de batalla. Él era bastante listo y echado para adelante, cualidades imprescindibles para haber sido sargento, pero su nivel cultural no le acompañó.

Yo conseguí ser sargento, a pesar de que no lo deseaba para nada. El tener la responsabilidad de muchas personas en mis manos no iba conmigo. Pero, por el momento debía aceptarlo. Eso y que debía ir al frente con mis dos nuevos amigos.

Al día siguiente y tras el pequeño y merecido descanso del período de instrucción, pensé que tenía que arreglarlo de alguna manera para que me degradasen antes de saber el día de nuestra partida.

Debía arreglarlo como fuese para que me quitaran esa carga de encima, de modo que se me ocurrió montar una pequeña bronca con un tipo orgulloso y creído con aires de marqués, que de seguro no necesitó hacer ningún examen para obtener su rango de teniente. Seguro que su influyente familia de tradición castrense le habían proporcionado el rango incluso antes de llegar al campamento.

Y mientras todo aquello pasaba, incomunicados con el exterior totalmente, no dejaba de pensar en mi dulce Nassay tratando de imaginar qué haría en aquel momento, cómo estaría.

Tony me propuso una idea para cumplir mi propósito de una forma sencilla. A aquel teniente repipi, sólo había que volcarle la bandeja del rancho encima de su almidonado uniforme y no disculparse por ello. Un par de puñetazos después asunto arreglado. El capitán me llamó gritándome lo avergonzado que estaba de mi comportamiento inesperado y fue cuando escupió la frase que necesitaba oír:

- ¡Y por consiguiente te degrado al rango de cabo!

Bien, asunto zanjado. Una cosa menos de la que preocuparme.

Al poco de aquello, nos enteramos de que de los miles de reclutas, tan sólo unos cincuenta se quedaban en el campamento. A los demás nos metieron en unos viejos barcos de carga llenos de óxido y sin bandera alguna. El rumbo que tomábamos era un completo misterio, un absoluto secreto. Todos a bordo de aquella vieja lata trataban de adivinar el destino de nuestro viaje y personalmente creo únicamente el almirante y el timonel lo sabían.

Embarcamos cuando apenas amanecía y llegamos a puerto justo al amanecer del día siguiente, habiendo soportado todo un día sin comer, con poca agua y un olor a óxido y azufre nauseabundo.

Aquel frente no era una batalla como las que solemos imaginar. Apenas se oían explosiones o disparos.

Era un teatro de guerra un tanto extraño, sólo había enfrentamientos con el enemigo durante la noche y todo sucedía en el interior de un profundo y espeso bosque. El grueso del ejército enemigo se encontraba asentado en una colina tras la espesa arboleda. Un macizo lleno de trampas y minado por doquier, dificilísimo de atravesar con vida. De vez en cuando algún francotirador hacía puntería con los árboles y lo más peligroso eran las balas perdidas.

Una noche de finales de aquel miserable invierno, vino a nuestra tienda el capitán. Me ordenó liderar un pequeño comando de asalto con mis compañeros Tony y Alex con el objeto de trazar un camino seguro para cruzar el dichoso bosque y que nuestras tropas pudiesen acabar con ellos de una vez. Ya se habían intentado varias escaramuzas sin éxito y llevábamos casi un año allí bloqueados.

Oh Dios mío, casi cuatro estaciones completas sin ver a mi amada Nassay. A veces olvidaba por unos instantes su bello rostro y sólo en mis cortos sueños podía verla con total claridad. Soñaba con la noche que estuvimos en su habitación, casi a diario.

Tenía que hacer bien aquel plan para así acabar con aquello lo antes posible. Necesitaba volver a su lado.

Entonces empecé a pensar junto a mis amigos, algo que me diese el éxito necesario.

Más no cesaban las preguntas en mi cabeza: ¿Qué estaría haciendo ella en aquellos momentos en los que la incertidumbre me destrozaba? ¿Seguiría acordándose de mí?

Aquellas y más dudas me atormentaban día tras día. Nos tenían prohibido mandar correspondencia a casa y de todos modos, el correo tampoco nos llegaba nunca, pero aun así yo le escribía siempre que tenía un momento de calma.

En las noches de luna nueva, en la trinchera, podía escribir o releer alguna de las cartas ya escritas como esta: ...

... Amada mía: Espero y deseo que mis letras llegasen a tus manos sin mayores problemas, así como que te agradasen y las entendieses. Seguro que si leíste con el corazón las comprenderías rápidamente. Supongo que darás por entendida esta y otras muchas cartas más que pienso escribirte siempre con todo mi corazón. Próximamente deberé partir hacia un lugar incierto por lo que no sabría darte dirección fija para que pudieses contestarme. Sería maravilloso llevarte conmigo, más de sobra sé que sería una locura. Aquí he conocido a personas de varias partes del mundo y cada una me ha aportado alguna cosa. Entiendo ahora mejor a otras culturas y me fascina todo lo que tenemos por descubrir aún en la vida. Una vez más me gustaría decirte que en esos breves instantes que vivimos y respiramos juntos me sentí el hombre más importante del universo por conseguir que tus ojos me mirasen y tus manos me tocasen, que tu voz me cantase y tus oídos me escuchasen, pues en mi corta pero dura vida, no conocí jamás a una persona tan maravillosa, cautivadora, bella y valiente. Debemos esperar a ver lo que el destino tiene preparado para nuestras personas, pues si tratamos de alterarlo de seguro nos irá mal.

Yo por mi parte debo recordarte que no hay un instante en el día y la noche en el que mis pensamientos no sean para ti, mi más hermosa y delicada flor, mi dulce dama.

En serio te digo que no puedo conformarme con pensar en tu amor y que tu corazón no me pertenezca, aun así me considero afortunado por haber conocido a un ángel y haberlo podido abrazar.

Conservo bien aquel amuleto que me regalaste con el aroma

de tu alma, casi gastado ya de tantas veces como lo agarro y le suplico que me lleve de nuevo a tu lado.

Ya sé que estuvimos juntos muy poco tiempo y que quizás pienses que no te conozco lo suficiente.

Sólo Dios sabe lo mucho que te necesito en todo momento. Sentir que no te tengo, pensar que voy a perderte...

En las noches inmensas, oigo al viento cantar y me pareces tú. Aún recuerdo tu voz cantándome aquellas canciones llenas de sentimientos, bajo los árboles a la orilla del lago.

Corazón de mi alma, en esta carta quiero decirte que mi amor por ti es tan inmenso como el océano y aunque yo sea un pez, si no tengo tu agua no puedo vivir en él. Desconozco el lugar y el momento en el que podamos volver a estar juntos y he de asumir el riesgo por haberme enamorado de ti, princesa de mis cuentos, reina de mis reinos, hada de mi bosque encantado.

Debo despedirme por el momento, amada mía. Confío en que esta carta te llegue algún día como las otras que te mandaré. Siento que tarden tanto, pero no te preocupes que te escribiré pronto, palabra de caballero.

Siempre tuyo.

Capítulo 10 " Un plan absurdo "

Después de leer una de las cartas me disponía a preparar el plan, a idear alguna estrategia loca que nos sacase de aquel averno. Se me ocurrió utilizar una de las perras de nuestro ejército que se encontraba en celo. Asegurando un camino y desinstalando cuidadosamente las trampas metro a metro haciendo uso del duro adiestramiento recibido. El animal, involuntariamente iría esparciendo su olor característico cargado de feromonas a lo largo de todo el sendero ya despejado y una vez llegado al otro lado, haríamos una señal para que soltasen a un macho, el cual seguiría afanadamente el rastro de la hembra, de manera que el capitán y sus hombres, solo tendrían que seguir al perro. Parecía un plan sencillo y perfecto, podía resultar.

Los muchachos estaban de acuerdo y fuimos a hablarlo con el capitán. La noche se estaba cerrando y un viento algo desagradable comenzaba a soplar. Nos dispusimos a adentrarnos en el bosque sin más dilación, Alex, Tony, el animal y yo, cuando de repente estalló sobre nuestras cabezas una gran tormenta.

La tormenta más terrible y espectacular que jamás habíamos visto.

El agua azotaba de lado con tanta fuerza que la corteza de los árboles saltaba igual que si esos troncos estuviesen en un aserradero. Uno de los rayos cayó a tan sólo unos metros de nuestra posición haciendo que varios arbustos grandes rompieran en llamas.

Sentimos el estruendo en todo nuestro cuerpo quedando aturdidos como si nos hubiese alcanzado un mortero.

Y no cesaba de tronar y no paraban los rayos de caer

iluminando todo el cielo con su luz azul.

De pronto unas nubes de color sangre comenzaron a formar un circulo en el cielo y de él, empezó a crearse un tornado tan grande como todo el bosque que teníamos rodeándonos. Aquello era aterrador. Se podía ver perfectamente cómo los pájaros trataban en vano de volar en la dirección contraria del tornado, pues este los atraía como la miel a las moscas.

Incluso se levantaban árboles del suelo de más de diez metros como si de simples mondadientes se tratase.

- ¡Qué hacemos Daniel! ¡Por el amor de Dios, dinos qué hacemos! ¡El tornado nos va a tragar! - me gritó desesperadamente Tony.

Debía pensar rápidamente y con decisión pues la vida de todos dependía de mí. Y pensar que renuncié a mi rango para evitar aquello... ¡Qué ironía del destino!

Qué situación más desesperada, si no reaccionaba con rapidez moriríamos todos. Nos absorbería el tornado y moriríamos del golpe o sabe Dios de qué. Decidí que debíamos rodear la columna de árboles hacia el oeste dirigiéndonos hacia un viejo vagón de tren, abandonado a la entrada del bosque. Una vez entramos en aquella especie de caja vieja, tratamos de cerrar la puerta y asegurarla. La atrancamos con un fusil, haciendo de palanca, para evitar que entrara el viento.

Quedaban algunos asientos casi enteros y las ventanas estaban condenadas con tablones clavados, lo cual nos daba más seguridad.

Los muchachos me daban las gracias cuando en un instante, Alex creyó sentirse mareado. Sentimos como si el vagón se moviese. Tony empalideció mientras se agarraba fuertemente a un viejo asiento de madera. Quise creer que el fuerte viento al golpearnos producía sensación de movimiento.

La perra no paraba de ladrar y yo miraba hacia todos lados tratando de encontrar una explicación a aquello que nos estaba ocurriendo, pero al no tener visión del exterior, no sabíamos qué estaba pasando realmente.

Acerté a comprender que el tornado nos había absorbido, cuando en un brusco movimiento del vagón me golpeé en la cabeza con algo contundente y me desmayé, perdiendo el conocimiento por completo.

Capítulo 12 " Sueño o realidad"

Desperté sin noción del tiempo, aturdido. No tenía idea de cuánto había transcurrido desde que cerré los ojos. Un rayo de luz que atravesaba la puerta entreabierta me daba en los ojos deslumbrándome. Oía el sonido de unas gotas golpeando en metal. Miré con dificultad a mí alrededor con la vista nublada y vi a mis compañeros tumbados sobre lo que era el techo del vagón. Mareado por aquello y con un fuerte dolor de cabeza por el golpe, me acerqué a ellos para comprobar que estaban bien. Todos se levantaron quejosos y la perra sacudiéndose se me acercó para lamerme la mano.

- Chicos, vamos a intentar abrir la puerta y salgamos de aquí.

- dije invitando a mis compañeros a desatrancar la puerta.

¡Menuda sorpresa no llevamos! Vimos que estábamos en un lugar muy extraño para nosotros. En nada se parecía al bosque en el que estábamos. Ninguno de los tres habíamos visto jamás un lugar así. Era un sitio en el que se divisaba una gran extensión de agua infinita, un océano tal vez y al otro lado, la tierra era muy blanca y suave.

- ¡Qué lugar tan maravilloso! ¡Mirad eso! - dijo Tony señalando a los árboles.

Me dijo que estábamos en una isla, que había oído hablar de esos lugares a un vecino suyo extranjero que viajó en barco por casi todo el mundo.

Arenas blancas y finas, un océano de agua templada. La vegetación estaba muy desarrollada y era exuberante. Seguro que era lo que le había descrito su vecino.

Alexander corría por la playa con la perra, mojándose los pies en el agua, hacían una pareja perfecta.

Tony decidió explorar la isla en busca de gente, de comida, de agua potable, en fin, él era un buscavidas y estaba acostumbrado a ese trabajo, aunque no en aquel lugar por lo que decidí acompañarle.

Nos adentramos en el espeso follaje. Jamás había visto plantas de esos colores y formas. Hojas ásperas que repelían el agua, otras se cerraban al tocarlas, como si sintiesen vergüenza. Aquellos pájaros con esos cantos y sonidos que emitían daban un aire muy misterioso al lugar. Nunca vi tantos colores juntos en una misma ave. ¡Qué raro, pero a la vez exótico paisaje!

Estábamos cansados y no quisimos adentrarnos mucho el primer día, así que nos volvimos hacia el vagón, en la playa, antes de que oscureciese. No sabíamos qué peligros nos acecharían en tan extraño paraje.

Preparamos una pequeña hoguera a la puerta del vagón y nos sorteamos turnos para hacer guardia, aunque creo que tras la primera guardia que hice yo, nadie más se mantuvo despierto.

Al amanecer del día siguiente, cogimos nuestras armas y los chicos y yo nos adentramos en aquel bosque tropical, con la esperanza de encontrar víveres como agua, algo de caza, fruta y ese tipo de cosas que nos permitiesen sobrevivir el mayor tiempo posible. Llevábamos unos minutos andando con mucho trabajo entre aquella maleza, cuando comenzamos a oír un murmullo proveniente de detrás de unas enormes rocas.

Con gran cautela, decidimos acercarnos a inspeccionar aquel susurro tan sospechoso.

Le dije a Tony que sujetase a la perra y fuese por el extremo derecho. A Alex que subiese a una pequeña roca del lado izquierdo, mientras yo me arrastraba poco a poco por el centro. Recuerdo que todo estaba muy en silencio y podía oír los latidos de mi corazón que aumentaban de velocidad por momentos.

Aparté las ramas que tenía delante de mi cara y vi una auténtica maravilla de la naturaleza en su más puro estado. Justo delante de mí, apareció un paisaje tan hermoso como indescriptible.

Era una cascada de agua cristalina de unos cinco metros de altura, que dejaba caer su manto en un pequeño lago tan puro, que se apreciaba con claridad unos grupos de pececillos de colores llamativos, nadando de un lado a otro.

- ¡Agua! - gritó Alex emocionado.

Tony corrió a lanzarse al lago, quitándose la ropa por el camino. Tirando su arma y animando a la perra para que se bañase con él. Traté en vano de calmarlos y de que tuviesen cuidado, pues aún desconocíamos los peligros que podían acecharnos en aquel paradisiaco lugar. Todos anhelábamos divertirnos un poco.

Cuando de pronto una extraña sensación rondaba mi cuerpo y fue esa inseguridad la que a pesar del calor y la invitación del propio paisaje, me prohibió bajar la guardia y darme un chapuzón con los muchachos.

Así que me senté en una piedra a observarles disfrutar como niños de aquel privilegio de la naturaleza. Cuando detrás de mí sonó un "clic" que me hizo empuñar el arma y girarme rápidamente.

No vi nada, pero tenía la sensación de que nos observaban y un segundo después, sentí un ligero picotazo en el cuello, como el producido por una avispa al picar y una paz se apoderó de mí ser. Un profundo sueño me hizo caer al suelo sin ver ni oír nada, sentí como se apagaba todo mí alrededor en una profunda oscuridad.

Desperté con un leve aturdimiento y molestias en la cabeza, como desorientado. Y cuando abrí los ojos...

¡Estaba rodeado de mujeres totalmente desnudas! Me froté los ojos y pensé haber muerto o estar alucinando por la picadura de algún insecto extraño. Con los ojos abiertos como platos, miraba a aquellas mujeres de largos cabellos negros y cuerpos exuberantes. Algunas portaban unos palos largos afilados en las puntas a modo de lanzas, otros pequeños arcos con largas flechas y otras, una especie de cerbatana larga, pero no acerté a ver dónde llevaban los dardos.

Giré la cabeza hacia los lados pestañeando con fuerza y frotándome los ojos, me resistía a creerlo.

Eran mujeres bellísimas, de piel dorada y unos rasgos faciales muy exóticos, nunca antes vi semejantes facciones.

Por supuesto, no hablaban nuestro idioma. Se comunicaban entre ellas con una dulce y a la vez extraña jerga.

Allí estábamos todos en el suelo, atados y perplejos ante tal belleza. Ninguno de nosotros podíamos dejar de mirar tal surtido de cuerpos femeninos. Tantas mujeres bellas y desnudas rodeándonos, sin tener que apelar a la imaginación masculina para adivinar sus encantos.

Nos apuntaban con sus arcos y nos amenazaban con las lanzas haciéndonos gestos para que nos levantásemos. Querían que entrásemos en unas cabañas fabricadas con ramas, hojas y un extraño material rojo, que parecía arcilla.

Unas horas después de mi reclusión en aquella choza, entraron cinco de aquellas hermosas mujeres. Una de ellas me agarró por el pelo y me hizo señas para que me levantase y la acompañara afuera.

Aunque eran muy bruscas, en el fondo no me hacían temer daño alguno por muy extraño que resultara, puede que la terrible belleza me obnubilase los sentidos. Mi único pesar en aquellos instantes, era que cada vez estaba más lejos de mí amada Nassay, cada vez me parecía más imposible el volver a su lado.

El sol se estaba poniendo y las amazonas preparaban una gran hoguera. ¿Nos iban a comer?

Sentía cierto recelo por lo que iban a hacernos, pues aunque muy hermosas, estaban armadas y dispuestas a demostrarnos lo duras que eran.

En ese momento vi como mis compañeros se acercaban a la hoguera, también acompañados por varias de aquellas bellezas. Nos sentaron a todos juntos, como formando un gran círculo.

Y comenzaron a traer grandes pieles que ponían en el suelo a modo de mantel, llenas de alimentos de todo tipo: extrañas frutas, grandes aves, pescados raros, etc. Un banquete digno de dioses.

¿Sería nuestra última cena? ¿Qué clase de sueño era aquel? ¿Dónde estábamos y quienes eran aquellas personas?

- Daniel, ¿hemos muerto y estamos en el paraíso? - preguntó el grandullón Alex mientras devoraba un muslo de aquellas aves gigantes.

-Oye Daniel, come algo. Necesitan que engordemos para poder comernos después. - me decía Tony riéndose a carcajadas mientras se chupaba los dedos con afán.

Las chicas me señalaban la comida y con gestos llevándose las manos a la boca, me invitaban a acompañar a mis hambrientos amigos. La perra tumbada detrás de nosotros, lamia un grande y carnoso hueso y no parecía desconfiar de nada. Tal vez estaba algo paranoico y aquellas mujeres sólo querían ser hospitalarias.

Me parecía imposible evitar que mis compañeros dejasen de comer, no los podría hacer entrar en razón ni en un millón de años, de manera que lo mejor sería encomendarnos a algún ser superior o dejar nuestra vida en manos del destino y disfrutar de aquello que olía como la cocina de mi casa en acción de gracias.

Tardamos algo más de tres semanas en comenzar a entender algo de aquel dialecto, aunque poco a poco cada vez nos entendíamos mejor. La líder de aquella tribu, nos intentaba contar la razón de que estuviesen allí habitando en esa isla desde hacía muchos años y de que sólo hubiese mujeres.

Nos explicaba que eran las mujeres más guapas de una solitaria aldea en la cual la persona más poderosa e influyente, a la que todos temían y respetaban, era una malvada y loca curandera que tenía atemorizados a todos los habitantes con sus hechizos y maldiciones.

Ésta era muy fea, envidiosa y muy celosa, según nos contaba, nunca se le conoció pretendiente alguno, de manera que cuando nacían niñas hermosas, alrededor del doceavo cumpleaños, antes de que se desarrollasen como bellas mujeres, obligaba a sus familias a desterrarlas, o maldeciría todas sus cosechas, su ganado o cualquier otra cosa que les diese de comer al que se negara a hacerlo.

A las autoridades del lugar, las tenía sometidas con una especie de vino que ella misma fabricaba y al que lógicamente le añadía algún tipo de droga.

Así que cogían a las hermosas jovencitas y las metían desnudas en una barcaza para que las corrientes del mar, las alejasen de allí para siempre. De esa forma llegaban todas a la isla, que con el paso del tiempo, habían cuidado y preparado para que se convirtiese en su nuevo hogar.

Las mujeres más jóvenes, se peleaban entre ellas por dormir con nosotros en nuestras chozas y las más maduras refunfuñaban y relataban celosas por quedarse afuera.

Pasábamos los días, las semanas y los meses en aquel paraíso y mientras mis compañeros la pasaban como auténticos reyes, a mí no se me podía quitar de la cabeza a mi amada Nassay. Seguía añorando a mi familia por más esfuerzos que hiciera para convencerme de que jamás saldríamos de allí.

A diario me preguntaba si ella me seguiría esperando o si por el contrario nos habían dado por muertos y Nassay habría rehecho su vida, tal y como le hice prometer si le llegaba la trágica noticia algún día.

En aquel lugar tan apartado de todo, la sensación del espacio-tiempo era imperceptible, sin calendarios, relojes, etc. Calculamos al menos dos años desaparecidos y no podía olvidar la calma del lago, el silencio de las nobles montañas, los petirrojos cantando sobre los robles, era todo tan distinto...

Aquella añoranza me hizo recordar una de las cartas que le escribí a mi dulce Nassay antes del fatídico día de la tormenta.

Capítulo 16 " Sabor agri-dulce"

La siguiente carta que conservaba, la escribí poco antes de aquella amarga noche en la que el destino me alejó aún más de mi otra mitad y decía así:

(Amada mía: Han ocurrido muchos acontecimientos por aquí desde que llegué y por los rumores que circulan, pronto habrá movimientos. Por tanto, mi dulce flor, has de saber que mi futuro se vuelve ahora más incierto que nunca y mi ansiedad se extrema al pensar que algo me ocurra, que ya no vea más tus ojos, que no vuelva a oler tu aroma, a sentir ese cosquilleo en el estómago cuando me llamabas o te veía en la lejanía. Si algún día puedes leer esto, amada mía, has de saber que lo que siento por ti y sentiré, jamás ningún hombre podrá igualarlo.

Vivo sin vivir en mí, pues mis ojos te buscan en las estrellas y me parece ver tu cara reflejada en el firmamento.

Sin más deseos que los de volver pronto a tu lado, a acariciar tu tersa piel y a tocar tus suaves cabellos, te dejo con estas breves pero intensas palabras que las escribe mi corazón.

Siempre Tuyo, Daniel.)

Tenía que convencerme muy a mi pesar, que pasaríamos el resto de nuestros días allí, en la isla.

La joven líder de aquel grupo de diosas, se mostraba un tanto atraída por mí desde hacía tiempo.

Se comportaba en una forma muy cariñosa conmigo, su nombre era Praxis.

Era una chica de unos veinticuatro o veinticinco años aproximadamente. Sus ojos eran de color esmeralda con largas pestañas, cabellos negros y ondulados que descansaban sobre el fin de su espalda, su piel de un color dorado intenso.

Tenía esa mirada cautivadora que le daba el poder de conseguir lo que quisiese.

Cuando me hablaba, arqueaba una ceja y ese gesto me hacía enloquecer. Observé que no lo usaba con nadie más y eso aumentaba mi casi desaparecida autoestima.

Su cuerpo era de una estatura considerable, aproximadamente un metro y ochenta centímetros, de complexión atlética, senos firmes y redondos del tamaño de un pomelo, músculos muy definidos en las piernas y los brazos. Su abdomen era plano y fuerte recordándome a aquellas onzas de chocolate que vendían en la feria de mi pueblo.

Andaba todo el día subiendo y bajando árboles, persiguiendo animales salvajes, por lo que era lógico aquel estado de forma física.

A mí me gustaba de vez en cuando apartarme de todos. Me iba a la playa, junto al viejo vagón que nos llevó hasta allí, para reflexionar y pensar en alguna remota posibilidad de volver a casa. Allí leía mis viejas cartas a Nassay y lloraba en soledad todo lo que quería.

Un día, Praxis fue a buscarme a la playa y allí estaba yo, junto al viejo vagón, como siempre.

Me preguntó el porqué de mi soledad, de mi tristeza y melancolía, cuando mis amigos eran felices con varias mujeres e incluso tenían ya hijos con ellas. Praxis sentía mucha curiosidad por saber por qué yo no era como ellos y en una forma muy dulce estaba tratando de aliviar mi pena.

Capítulo 17 "¿Un clavo saca a otro clavo?"

Aquel día en el que Praxis fue a buscarme a la playa, me olvidé por unos momentos, instantes o quizás horas de mi amor por Nassay. Tal vez trataba de auto-convencerme de que jamás volvería a verla y dejé que ella me clavase su mirada.

Me sujetó la mano suavemente, apretándomela al final. Se levantó de la arena y jaló de mi brazo para levantarme. Arqueó una ceja, sonrió y apretó su cuerpo desnudo contra el mío pasando sus dedos por mi espalda hacia arriba y hacia abajo. Los dos solos en aquella intimidad que nos ofrecía esa playa desierta, sin más luz que la del ocaso del sol reflejado en el océano azul y en la blanca arena. Comenzó a acariciarme el pelo y después fue bajando sus manos suavemente por mis mejillas hasta los hombros para continuar su descenso hacia mi pecho, rodeándome así con sus brazos por mi cintura y apretando su pecho contra el mío como si quisiera unir su cuerpo con el mío formando uno solo.

Aquellas caricias hicieron que toda la sangre bajase rápidamente de la cabeza a otras partes de mi cuerpo, por lo que no podía pensar, únicamente continuar el juego.

Me dejó sentir todo el fuego salvaje de su cuerpo. ¡Qué sensación tan maravillosa era sentir el fuego de su piel rozando mi piel!

Los dos caímos encima de la alfombra de piel en la que me sentaba, embriagados por un fuerte éxtasis que nos cortaba la respiración. Sentía que el corazón trabajaba a marchas forzadas ¡a toda máquina!

Fue tan bello y placentero que casi fenezco a sus encantos.

Olvidé completa y totalmente todo y a todos durante muchas horas.

Quedamos dormidos bajo aquel manto de estrellas, arropados por la luz amarillenta de la luna que iluminaba el celeste infinito.

Al amanecer del siguiente día, lo primero que vieron mis ojos al abrirse, fue a Praxis dormida plácidamente, con su espalda pegada a mí y cómo los primeros rayos del alba iluminaban sus senos impasibles.

Su cabeza inclinada y sus largas y poderosas piernas enroscadas como dos grandes serpientes. Un ser divino.

Hay veces en las que la vida nos juega malas pasadas, más al final nos damos cuenta de lo aprendido, eso es lo que vi cuando aquel ángel me sedujo. De manera que decidí que ella sería la mujer que me acompañase por el resto de aquella mi otra vida.

Aunque en mis planes no entraba el quedarme en aquella isla por siempre. Debía haber algún modo de salir de allí y yo iba a averiguarlo, aunque me costase la vida.

No entendía mucho de barcos, de mareas, corrientes y esas cosas, pero como dice el refrán, la necesidad obliga.

Tomé unas tablillas y afilé unos trozos de carbón, para comenzar a esbozar mis ideas. Con el apoyo de mis compañeros y la mayoría de aquellas mujeres, construiríamos algo que sirviese como billete de vuelta a casa.

Aprovechando que todos estaban de acuerdo en ayudarme, organicé a los voluntarios Tony y Alexander, junto a las chicas que quisieron colaborar. Mis compañeros cortarían árboles adecuados y las mujeres seleccionarían y confeccionarían las mejores lianas, de modo que día tras día, aquello iba tomando forma.

Más de un año después, la barcaza estaba terminada. Aunque carecía de lujo o detalle alguno, se veía suficientemente resistente para emprender mi viaje de vuelta a casa y al fin y al cabo eso era lo importante.

Mis cañeros y amigos, no perdieron el tiempo en la isla. Tenían más de cuatro hijos cada uno, por supuesto que no con la misma mujer y aquello les resultaba muy normal. Eran una gran familia, con muchas esposas, muchos hijos y sólo dos padres.

Praxis, me dio una linda y hermosa hija a la cual llamé Nassay. Era la niña de mis sueños, aunque no fuese hija de quien yo habría querido. Era muy morena, como su madre, con grandes ojos grises, con el pelo rizado y una gran sonrisa dibujada siempre en su cara. Al menos para mí, era el ser más divino de la isla.

En el verano del cuarto año allí, vi que llegó el momento de partir.

Sin rumbo, sin dirección, sin instrumento alguno o carta de navegación. Con provisiones para algo menos de un mes y todo el barco cargado de esperanza.

Esperanza de llegar a un sitio con civilización para comenzar nuestro viaje hacia mi hogar, del que ya llevaba cinco años aproximadamente, desaparecido. Imaginaba la tremenda alegría que se llevarían mis padres cuando me viesen llegar con mi nueva familia. Seríamos muy felices juntos en mi pueblo y seguro que Praxis se adaptaría pronto a nuestras costumbres.

Mi compañera estaba decidida a venir conmigo y a traer a nuestra hija a aquella aventura, a donde el mar nos llevase.

Después de terminar el largo y duro trabajo de ultimar y repasar todo lo que debíamos llevar, ya a la caída del sol, quise apartarme en mi rincón de la playa por última vez. Quería recordar y pensar.

Saqué uno de los carboncillos y en una improvisada hoja de papel quise escribirle a Nassay la última carta.

(Amada mía: Pronto será nuestro aniversario. Se cumplirán cinco años del día en el que tus labios me besaron por primera vez, de ese abrazo intenso que nos dimos y no he podido olvidarte. No pasa un día en el que vea u oiga algo que me haga recordarte y en ese preciso instante mi corazón comienza a galopar por mi pecho cuan corcel salvaje. Me gustaría al menos saber el motivo por el que me sigue pasando esto aún, después de tanto tiempo y tantas experiencias como he vivido desde el día de nuestra despedida. Creo que jamás podré borrar tu sonrisa de mi cabeza, ni tu mirada, ni aquel perfume.

Pensando en ti, me hago cargo del tiempo que ha pasado. Siento como si nada de esto hubiese pasado en realidad. Incluso me despierto a veces con la sensación de que tengo que vestirme para ir a tu casa a verte. Dicen mi ángel bello, que en los sueños no se puede oler, pero yo en los míos huelo tu cuerpo, siento el calor de tu piel junto a la mía y cómo mi sangre sube de temperatura. No sé si el destino querrá que vuelva a verte, pero si muero, te buscaré en otra vida.)

Llegó el gran día, la nave estaba lista para formar parte de mi regreso. Llena de alimentos, agua potable, pieles y otros útiles indispensables.

Al amanecer de aquella mañana, nos apresuramos a partir intentando evitar en lo posible las tristes despedidas, pero fue en vano.

En seguida empezó aquello a llenarse de mujeres llorando, mis compañeros abrazándome y tratando un último intento de convencerme, dándome consejos absurdos, en fin una larga e inevitable despedida.

- ¡Odio las despedidas! ¡Soltad las amarras! - grité acongojado.

Y aquella gran balsa comenzó a ser empujada por todos y todas hasta salvar el rompeolas.

Al poco tiempo la isla se iba haciendo más y más pequeña hasta que la perdimos de vista.

En el horizonte infinito, tan solo veíamos el azul del cielo uniéndose con el océano y un silencio profundo nos rodeaba.

El mar estaba en calma, soplaba una ligera brisa que acariciaba las velas y nos empujaba suavemente hacia mar adentro.

Praxis agarraba el timón mientras yo tensaba alguna vela y la pequeña Nassay correteaba de proa a popa detrás de una especie de calabaza que rodaba por la cubierta de la barca.

Cuando caímos en la cuenta de que estábamos rodeados completamente por el océano, ya al atardecer, nos entró un poco de miedo o inseguridad, tal vez, no sé si fue algo de pánico quizás.

Los días pasaban y navegábamos por el profundo océano sin rumbo determinado, a merced del destino.

Pasando las semanas encima de aquellas maderas, tratando de distraernos todo lo posible para no pensar en la posibilidad de que podíamos morir allí.

Una mañana temprano, diez días después de partir, pude oír a las gaviotas graznar en la lejanía y me levanté rápidamente dirigiéndome a estribor, agudizando la vista, me pareció ver un bulto a lo lejos.

- ¡Tierra! - le grité a Praxis varias veces. ¡Puedo ver tierra!

Necesitaba que ella también lo viese, pues dudaba de que fuera una ilusión provocada por tantos días en el mar, pero mi compañera se acercó a mí y abrazándome fuertemente me dijo: - ¡Lo hemos conseguido!

Poco a poco nos fuimos acercando a aquel lugar y menos de una hora, divisamos lo que parecía ser un puerto.

Uno muy transitado, debía de ser importante por la cantidad de barcos que habían allí amarrados.

Al fin, tras casi dos semanas de calamidades, gracias al cielo pude llevar a mi familia a un continente civilizado. Pero mi preocupación no acababa ahí, me preguntaba si les gustaría aquello y si llegarían a vivir felices junto a mí.

Durante el tortuoso trayecto, traté de explicarle a Praxis las ventajas e inconvenientes de las ciudades y pueblos, aunque en otras ocasiones le hablé de nuestras costumbres, de que allí la gente iba vestida y normalmente no se subían a los árboles, traté de recordarle todo eso antes de atracar en el puerto. Mi intención era prevenirla de todas aquellas torturas discriminatorias y xenófobas que podía sufrir.

Les preparé unos vestidos con las pieles que traíamos para dormir y bromeábamos con el aspecto de unos y otros.

Amarré la balsa al muelle y acordé que iría a enterarme del sitio en el que estábamos y a traer unas telas más frescas para que pudiese vestirse más cómodamente. La pequeña quiso acompañarme y Praxis insistió en que me la llevara. Ella aguardaría sola en la barcaza hasta que yo regresara con las telas y algo de fruta fresca.

Nos bajamos del barco mi pequeña y yo. Ella con esos cabellos tan rizados y su carita morena y siempre sonriente, la llevaba en mi espalda con unas pieles rodeándole el cuerpecillo. Mi uniforme hecho jirones y mis zapatos recortados a modo de sandalias. Pregunté a un viejo pescador que arreglaba una gran red, el nombre de aquel puerto y a qué ciudad pertenecía.

Según me respondió, estaba lejos de casa, pero no tanto como antes. Al menos, ya sabía en donde estábamos.

Continué andando y me informé también de los transportes que iban hacia mi hogar. El tren y sólo el tren recorrían tan largas distancias.

Pasaron varias horas y mi hija, cansada, quiso volver al barco junto a su madre. Tenía hambre y quería descansar. Entré en una pequeña tienda de telas y traté de convencer a la amable dependienta de que llegaba de estar perdido durante mucho tiempo, de que no tenía dinero y de que necesitaba algunas telas para mi compañera y mi hija. Lo único que conservaba era una cadena con una pequeña medalla que me regaló mi madre adoptiva cuando cumplí el primer año en su casa. La señora de la tienda parece que se compadeció y aceptó la medalla como pago de las telas.

Ya podía vestir a Praxis más adecuadamente para emprender el largo viaje a casa.

Antes de irme de aquella tienda, la amable señora llamó a la pequeña Nassay y le dio una manzana que guardaba bajo el mostrador.

Le da mil veces las gracias y nos apresuramos al puerto para mostrarle a Praxis lo que había conseguido, seguro que se alegraría de vernos, debía estar asustada.

- ¡Oh Dios mío! ¡Donde está mi barca! ¡Lo amarré bien! - gritaba exasperado.

Me puse a preguntar desesperadamente a todos los marineros y personas que tenía a la vista, hasta que un marinero me dijo que vio a una joven hermosa de piel oscura vestida con unas pieles soltar las amarras de su bote y soltar la vela.

No podía dar crédito a lo que estaba oyendo. ¡Me había abandonado! Se fue sola, sin su hija y sin mí.

¿Pero por qué a mí? ¿Quizás la asusté con mis advertencias?

Alejaba la vista en el horizonte y no conseguí ver nada, parecía como si hiciera tiempo que partió.

Tal vez algún día sabría el motivo de su acto desesperado, o quizás no.

Por el momento, debía hacerme cargo de la situación, tratar de ser fuerte y pensar en mi hija que vivía aquel momento ajena a todo.

Tenía que inventarme alguna historia para que no entristeciera, improvisé sobre la marcha que su mamá había vuelto a recoger a sus primos y que pronto nos reuniríamos en casa de los abuelos. No se me ocurrió nada mejor y parecía que ella lo encajaba bien.

Tras un rato de angustia, el estómago se hacía notar, por lo que había que pensar en el presente más inmediato.

Volví a la tienda donde conseguí la tela para que la señora me la cambiase por comida. Tuve que contarle que mi esposa, la madre de la niña acababa de fallecer y que aún la pequeña no sabía nada. La mujer se compadeció de nosotros y nos dio pan, algo de carne ahumada y dos manzanas.

- Pueden sentarse ahí en la trastienda y comer tranquilos. Mientras yo le arreglaré el vestido a su hija.

- Oh, le estaré eternamente agradecido señora. - le dije agachando la cabeza para que no me notase las lágrimas y nos sentamos allí detrás a comer aquello que nos había dado.

Tras el corto pero saciante almuerzo y con el cuerpo más descansado, nos dispusimos a caminar.

Mi pequeña Nassay, llevaba ahora un vestido digno de una princesa y ella lo portaba orgullosa. Debíamos encontrar algo de ropa para mí ahora y ponernos en camino hacia la estación. Estaba atardeciendo y tuve que andar a ratos con mi hija a la espalda, a ratos ella caminaba y cuando no podía más me pedía de nuevo que la volviese a coger, era muy pequeña.

Llegamos a la estación. Unos metros antes del apeadero, vi un lugar en donde suponía que arreglaban los trenes, pues veía un vagón roto y abandonado y una máquina a medio montar. Justo allí mismo, tras una pequeña valla, había una casetilla de madera de color verde, con un viejo y fino candado en la puerta.

- Nassay, hemos llegado. Pasaremos la noche aquí y trataremos de montarnos en el primer tren que salga mañana hacia el oeste. - le dije a la pequeña, mientras buscaba por el suelo algo contundente para romper aquel viejo candado.

Ella asintió con la cabeza a la vez que se frotaba los ojos.

Dentro de aquella caseta de madera sin ventanas, no se estaba tan mal. Había un par de fardos de paja en el suelo. Un banco metálico alto con muchas herramientas y una tetera encima. Un mono azul colgado de un clavo en la pared que parecía de mi talla.

Al lado de la paja un pequeño taburete de madera con tres patas.

Abrí un pequeño armario situado tras la puerta esperando encontrar té, azúcar, tazas, cucharillas o algo parecido, pero sólo vi un vaso y un pequeño ratón que me miró asustado.

Cogí aquella tetera de metal y el vaso y salí afuera a buscar agua, seguro que no debía andar lejos.

Justo detrás, un pequeño grifo con una gran manivela. La subí y bajé tres o cuatro veces y comenzó a salir agua del pequeño grifo. Lavé un poco el vaso y llené la tetera de agua. Cuando entré en la casetilla, Nassay se había quedado dormida encima de lo fardos de paja, extenuada por el largo día. Bebí un poco de agua y le puse mi camisa por encima para taparla un poco. Me coloqué aquel mono azul y me tumbé a su lado a dormir un poco.

Antes de que el sol de un nuevo día asomara por el horizonte, oí un silbato lejano y me apresuré en despertar a mi hija, el primer tren.

Le ofrecí un poco de agua y la cogí de la mano. Había que ver a donde iba ese tren y dónde podíamos colarnos. Según parecía, se dirigía al oeste y era un tren de mercancías, de esos que llevaban ganado, carbón, etc....

 Tomé a Nassay en brazos y comencé a correr para agarrarme al último vagón que iba abierto. Su marcha era lenta al pasar por la estación de modo que lo conseguimos al fin, de vuelta a casa.

Cerré la gran puerta de madera corrediza del rojo vagón de madera y nos sentamos encima de unas cajas que vi en el fondo. Desde allí sentado podía ver a medias entre las hendiduras de los tablones que conformaban aquel vagón, cómo salíamos despacio de la estación y los primeros rayos de sol que entraban dejando ver un camino de luz hacia el suelo. Ya solo nos quedaba aguardar.

Había pasado un buen rato y el tren marchaba deprisa, pero en un instante el maquinista hizo sonar el silbato y me asomé entreabriendo un poco la gran puerta del vagón para ver si nos acercábamos a alguna estación. Y al momento de asomar un poco la cara pude leer el nombre de una estación por la que pasábamos y según creía estábamos en la dirección correcta, por lo que cerré nuevamente la puerta y me sentí más tranquilo.

Me acerqué a Nassay y le ofrecí una naranja que cogí de la tienda. Se puso a jugar con ella, pues no sabía lo que era. Se la pelé y se la di a trozos pequeños. Al principio puso la cara estirada, las comisuras de los labios le llegaban a las orejas y un par de lágrimas le asomaron por el rabillo de los ojos. A mí me dio la risa, pero parece que aunque estaba algo ácida le gustaba, pues me pedía más.

Allí escondido en ese tren me sentía más un bandido que un veterano de guerra, pero lo importante es que pudiese llegar al pueblo y estar con mi familia.

Unas horas más tarde, el tren comenzó a detenerse y yo me puse alerta, muy nervioso.

No esperé a que el tren se parase por completo. Agarré a la niña y salté en marcha. Justo en la vía contigua, otro tren que comenzaba su marcha me dio el transbordo perfecto. Continué corriendo tras aquel tren y estirando el brazo al máximo conseguí agarrarme al asidero del último vagón.

Éste sí estaba lleno, pero de animales, más concretamente de gallinas, que al entrar nosotros formaron un gran escándalo como bienvenida. Olía muy mal, pero eran más confortables las alpacas de paja, que las cajas de madera del anterior.

Nos acomodamos como pudimos y entre el suave traqueteo del tren y el constante clan-clan de sus vías nos quedamos dormidos.

Un agudo pitido nos despertó ya al atardecer y pensé: ¡Al fin en casa!

Ese habría sido un final ideal y esperado, mas no fue el caso. Desgraciadamente el segundo tren se desvió bastante del camino.

Caminando por la vía, patinando con la grava del suelo, me acerqué a la estación.

Nos encontramos en un pueblo con un nombre rarísimo que ni por asomo se parecía al mío.

Continuábamos metidos en un lío, muertos de hambre y sin saber dónde pasar la noche. La estación estaba muy solitaria, nadie había por allí. Tomé el único camino que salía de la estación en busca de la civilización. A la derecha de la senda, vimos un gran campo lleno de manzanos cargados de frutos rojos y grandes. La alambrada apenas subía un metro por lo que me fue fácil pasar. Comimos aquellas dulces manzana hasta hartarnos, con lo que ya teníamos un problema menos, ahora a buscar alojamiento y quizás algún trabajo temporal, por unos días, para poder continuar nuestro viaje.

Llegamos por aquella vereda al pueblo y en la segunda casa que vimos, había un hombre mayor sentado en una hamaca bajo el porche, con un gran sombrero de paja medio roído y arrugado. Llevaba unas pequeñas gafas que les caían bajo sus ojos. Su espesa barba blanca y su camisa manchada parecían haber coexistido durante bastante tiempo juntas.

Le pregunté por algún hostal, motel o pensión en la que pudiéramos quedarnos mi hija y yo.

El anciano me indicó que a cinco minutos de allí, siguiendo el mismo camino se encontraba el hotel de la familia Archer.

Me aseguró que ellos tenían habitaciones y quizás necesitasen algún hombre para dar una mano de pintura a la fachada, pues parecía que no la habían pintado en muchos años.

Le di las gracias a aquel amable señor y me apresuré, cargando a la niña en la espalda tomando esa ruta hacia el hotel antes de que anocheciese. Ya desde el camino se podía ver la gran mansión de tres plantas y con la fachada algo descolorida. Tenía unas grandes ventanas y un gran porche con unas columnas redondas en la entrada.

Un bonito pero descuidado jardín, rodeaba todo desde la verja en la entrada hasta la casa.

- ¡Buenos días! - le dije a una joven que estaba de espaldas regando unas bonitas plantas en el porche.

- ¡Buenos días, caballero! - contestó seria.

Pensé que quizás sería del personal del hotel y a lo mejor sabía si necesitaban a alguien, así que le dije:

- ¿Sabes si la dueña de esto necesita a un hombre mañoso y educado que trabaje a cambio de alojamiento y comida?

- ¿Qué sabe hacer usted? - preguntó interesada la dama.

- Pues casi de todo, verá... - Y comencé a contarle mi historia casi al completo. Donde me crié, cómo llegué allí, etc. Por momentos pensé que se iba a burlar o que me creería loco.

Para mi sorpresa, la mujer comenzó a llorar.

- Oh, discúlpeme, pero unos ojos tan bonitos no merecen llorar por las desventuras de un extraño.

Entonces una chica se acercó a ella y le dijo:

- Disculpe señora Archer, la cena está lista, ¿la sirvo ya? ¿Qué le ocurre señora? ¿Se encuentra bien?

- Gracias Rossie, estoy bien, enseguida vamos y... ¡pon dos servicios más! Tenemos nuevos huéspedes.

¡Qué bochornoso era aquello! me quedé sin palabras, ruborizado y avergonzado. Mi habilidad para meter la pata era cada vez mayor.

Comencé a tartamudear, intentando pedir disculpas mas no me salía ni una frase completa. ¡Qué vergüenza!

- No tienes por qué disculparte Daniel, nadie te dijo quién era yo. Además no quiero que me trates de ningún modo especial, pues soy una persona normal, como cualquier otra. Pasemos adentro y seguimos charlando si lo deseas.

¡Qué niña tan guapísima tienes! Ya me hubiese gustado a mí

haber podido tener una hija tan bella como la tuya. - Terminó diciéndome aquello con gran pena en el rostro y comenzó a llorar en silencio nuevamente.

Me contó su historia. Sarah, que así era como se llamaba la señora Archer, tampoco había sido muy afortunada en la vida, a pesar de ser una de las personas más ricas del condado, o tal vez esa fue su maldición. Su padre fue un importante hombre de negocios que le dejó todo su patrimonio, la totalidad de la fortuna que amasó durante su vida a su única hija.

Cuando Sarah cumplió la mayoría de edad, ya tenía una veintena de pretendientes de todos los alrededores. Hombres que se acercaban a su casa como las abejas al panal y es que una muchacha tan bella, con el cabello del color del fuego, sus ojos azules como el cielo en una mañana de verano y esa elegancia natural que poseía sumado, claro está, a su gran fortuna, era muy lógico que tuviese a tanto buitre deseando aliviarle tal carga a aquella hermosa dama.

Ella cayó en las redes de un joven muy embaucador, ayudante de su padre desde que era casi un niño. Aunque desde pequeño sólo ansiaba el dinero de la familia Archer. Para él, Sarah era una buena inversión. A corto o largo plazo, pensó que su matrimonio con Sarah le proporcionaría la vida acomodada que tanto ansiaba.

Y como el amor es así, ella no quiso darse cuenta de que él no miraba a su corazón, sino a su caja fuerte.

Vivieron en aquella mansión durante más de seis años durmiendo en habitaciones separadas, sin apenas tener contacto con ella. No le dio el hijo que ella tanto deseaba y todo el mundo rumoreaba en qué se gastaba aquel individuo la fortuna de su esposa. De todos era sabido que se pasaba las noches en los casinos y clubes de alterne de todo el condado.

Los visitaba todos.

Un día fue la autoridad del pueblo a comunicarle que habían encontrado el cuerpo de su marido apuñalado en la puerta trasera de un club.

Desde entonces, Sarah decidió cambiar su vida haciendo de la mansión un hotel.

Empleando a varias personas del pueblo y ofreciendo un servicio honorable y necesario en su pueblo que le permitiría tener la excusa perfecta para vivir recluida ocupada de sus nuevas tareas, sin necesidad de tener contacto con el resto del mundo.

Una vez me contó su tórrida historia, se preguntó así misma en voz alta, por qué me la había contado, pues aseguró que jamás hablo de ello con nadie.

- Quizás, por algún extraño motivo, tú me inspiras cierta confianza Daniel. Pareces un buen hombre al que la vida tampoco ha tratado demasiado bien. - me confesó.

La pequeña Nassay, encontró muy deprisa a su compañero de juegos ideal. Sarah tenía un perro mediano, de color blanco, con el pelo muy corto, un hocico largo y puntiagudo, grandes y erguidas orejas.

Muy musculoso su cuerpo, de ojos achinados y aspecto fiero. Según me contó Sarah, con los únicos que mostraba su fiereza era con los roedores, con esas ratas dañinas y esos ratones tan molestos que lo destrozan todo. Para aquel trabajo, Oli era el mejor.

Tras la cena, me invitó a que la acompañase para enseñarme todas las instalaciones. Me dijo que le gustaría que me encargase del mantenimiento de todo en general y me pagaría algo, a parte de la estancia y la comida. Le advertí que me iría en cuanto tuviese reunido algún dinero para viajar a mi hogar. Al menos esa era mi idea, claro.

Capítulo 25 " Otro giro del destino "

Trabajaba casi todo el día, pues las tareas nunca se me acababan, mientras mi pequeña la pasaba de lo lindo jugando con Oli, dibujando con Sarah, etc. Era todo tan bonito, quizás demasiado.

Por las noches, comenzaba a oscurecer cada día más tarde, pues la primavera llegaba a su fin, dando paso a un cálido y hermoso verano.

El arreglo de los jardines del hotel me fue agradecido por la madre naturaleza, haciendo brotar flores de mucho colorido: blancas, rojas, amarillas, etc. Creé un paisaje fabuloso.

Lo mejor de todo, era el poder ver mientras trabajaba, cómo mi hija jugaba y se divertía.

Junto a su compañero fiel, gritaba el nombre de Sarah invitándola a participar de su diversión.

Era obvio que le había tomado cariño a la mujer y que no celebraríamos solo su tercer cumpleaños como yo había pensado cuando su madre se marchó.

Hicimos una pronta e íntima amistad, en algunos momentos, parecíamos algo más que jefa y empleado y los demás murmuraban.

Comenzamos a darnos cuenta de que nos necesitábamos y nos complementábamos.

Quizás el destino quisiera darnos otra oportunidad de ser felices, por qué no.

Yo necesitaba una buena madre para Nassay y una divertida y cariñosa mujer para mí.

Noté como a Sarah se le iluminaban los ojos cuando estábamos los tres juntos, tumbados en la hierba, riéndonos y disfrutando del clima y la vida en general.

Una calurosa noche de aquel verano, tras celebrar el tercer cumpleaños de la niña, subimos a acostarla en su habitación. Nos quedamos los dos mirando su carita de ángel, dormida. Apoyados en el quicio de la puerta, como si alguien nos empujase, comenzamos a acercar nuestras cabezas, buscándonos los labios, sintiendo el calor de dos jóvenes corazones latiendo al unísono. Tímidamente, como sin querer y con una vergüenza inexistente fuimos besándonos cada vez con más y más pasión. Como dos animales en celo, nos quitamos la ropa a tirones por todo el pasillo, sin importarnos si alguien nos veía o escuchaba, hasta llegar a su habitación. Mordiéndonos los labios y dándonos fuertes abrazos, abrimos la puerta de su dormitorio. Saltamos a su cama y rodamos hasta el suelo. En aquella bonita alfombra, como si estuviésemos en un colchón de plumas, hicimos el amor apasionados, bañados por el sudor, toda la noche, alternando risas, caricias, momentos de placer intenso y máxima complicidad. Ella quedó extasiada y al ver aquel fabuloso ser en toda su plenitud, quedé hechizado por la luz que reflejaba su rostro rebosante de felicidad.

Poco a poco, fui cayendo en los brazos de Morfeo.

A la mañana siguiente, Nassay con sus rizos alborotados y su corto camisón, dejando ver sus rodillitas morenas y con unas zapatillas de Sarah en sus pequeños pies, empujó la puerta de la habitación y al vernos a los dos acostados juntos, se quedó en el umbral con una risita traviesa, como si supiese lo que allí había pasado.

Sarah se despertó con una gran sonrisa y los ojos entreabiertos, levantó un poco la cabeza y miró hacia la puerta. Se subió la sábana algo más y riéndose llamó a Nassay.

- Buenos días cariño. - le dijo poniéndole la mano en su pelo.
- Te quedan muy bien mis zapatillas ¿verdad?

- ¡Claro que sí! - le dijo Nassay sonriendo y añadió:

- ¿podemos bajar a desayunar? ¡Tengo hambre, mamá!

Sarah soltó una gran carcajada y yo me tapé la cara con las sábanas, conteniéndome de algún modo.

Le lancé suavemente un cojín y le pedí que fuese bajando.

Intenté pedirle disculpas por lo que mi hija pensaba, alegando su corta edad, pero ella me tapó la boca con sus labios y me dio las gracias.

- ¿Por qué me das las gracias, Sarah?

- Por haber entrado en mi vida, Daniel. - me dijo sellando sus palabras con otro beso.

Capítulo 26 " Cuatro estaciones "

Los días después de aquello, se fueron sucediendo con la felicidad como tónica predominante. Todo parecía sacado de un cuento.

Por las mañanas, después del desayuno, me ponía con mis tareas. La pequeña se iba a jugar con las muñecas de trapo que le había hecho Sarah. A veces jugaba a los disfraces con Oli, el perro que siempre estaba con ella. Él se prestaba a ser su maniquí y era muy gracioso verle caminar por el jardín con un vestido rosa y un tocado atado a la cabeza. Así pasamos el verano, el otoño y el invierno, incluso pasó la siguiente primavera.

Fue entonces cuando me di cuenta de por qué no quería cruzar el país para reunirme con mi familia. Ya no me importaba que Praxis, aquella salvaje pero tierna mujer escultural, se hubiese marchado. Me sentía feliz allí, rodeado de cariño, risas, momentos anecdóticos y de una persona que se había convertido en mi nueva compañera.

El problema es que no me desaparecía de la cabeza mi primer amor. La dulce y bella Nassay.

Sólo Dios sabía dónde estaría en aquel momento y con quien, pues imagino que después de tantos años desaparecido, ella habría rehecho su vida. Se habría casado, habría tenido hijos, etc.

Un cuatro de Julio de la primera década del nuevo siglo, después de una cena en compañía de muchos invitados y residentes del hotel, decidí que sería el momento ideal para pedirle matrimonio a Sarah.

Así que antes de que sirvieran el postre, me levanté y cogí del bolsillo de mi chaqueta el anillo que le había comprado a un viajante de joyería huésped del hotel hacía unos dos meses. Alcé mi copa llamando la atención de los allí reunidos y de rodillas me dirigí a Sarah para hacerle la pregunta que debí haberle hecho a otra persona. A otra a la que el destino me arrebató.

Tras mi propuesta, ella me miró. Sus ojos se le inundaron de lágrimas y asintiendo con la cabeza se levantó y me dio un fuerte abrazo diciendo:

- Me alegro tanto de que me lo hayas pedido al fin... No sabía si estarías dispuesto a casarte conmigo y pasar el resto de tu vida aquí, junto a mí. Es por eso que no quise decirte nada hasta no estar segura de tus intenciones. ¡Estoy embarazada! ¡Vamos a tener un hijo! Mi gran ilusión y la que estuve a punto de perder.

¡Gracias Daniel! ¡Gracias Señor!

Parecía que por una vez, había dicho y hecho lo correcto, en el momento preciso. Algo en mi vida estaba cambiando.

Capítulo 27 "¡Corre que ya llega!"

Me hacía muy, pero que muy feliz la idea de tener un hijo de Sarah, además de que ella se lo merecía, era una mujer fantástica, guapa, amable, sencilla, divertida, educada, madura, serena, inteligente, etc.

Reunía todas las cualidades que cualquier hombre desearía que tuviese una mujer.

Lo acontecido no podía esperar mucho tiempo y tenía que ir al pueblo a decirlo a todos los que ya me conocían.

El verano se acabó dando paso a un otoño triste y lluvioso, con su típica caída de hojas, sus vientos fríos y sus lluvias. Tuve muchos momentos en los que me acordaba de mi familia aquel clima me provocaba una cierta melancolía. Me preguntaba qué habría sido de ellos y de la bella Nassay, la señora Mercedes...

Sarah, que era muy perspicaz se daba cuenta de que algo me inquietaba, me preocupaba y a veces hasta perdía la mirada.

Un día me preguntó:

- Cariño, te veo preocupado y en ocasiones ausente. ¿Qué te ocurre? ¿Me lo quieres contar?

Fue entonces cuando le conté que a menudo me acordaba de mi familia, de mis compañeros que quedaron en la isla y cuánto deseaba volver a verlos algún día a todos.

Sarah, me comentó la posibilidad de hacer el viaje para cuando naciese el bebé y así mi familia los conocería a todos.

Aquella noticia me emocionó, me embargó la alegría, en ese instante casi me vuelvo loco.

La abracé fuertemente y le agradecí mil veces la dicha que me daba.

Y un otoño de lo más triste se convirtió en un corto otoño, como cualquier otro y rápidamente el invierno llegó sin avisar. Entrado el mes de Diciembre, comenzaron las primeras nevadas y como si de un espectáculo de magia se tratara, todo se cubrió de un espeso manto blanco. Los jardines, los árboles, la casa, etc.

La fuente se congeló y mi pequeña Nassay y yo salíamos a jugar con la nieve. Hacíamos muñecos grandes, nos tirábamos bolas y Sarah, con su gran barriga, nos observaba desde el gran ventanal del salón.

A finales de Enero, en una gélida noche, Sarah me despertó con un fuerte dolor y me pidió que fuese a buscar al doctor Mauricio. Rápidamente me puse el batín, me calcé las botas y muy nervioso bajé las escaleras saltando de tres en tres los escalones. Salí por la puerta con aquellas pintas como si me llevasen los demonios.

Una vez en casa del doctor, me puse a aporrear su puerta y a gritar su nombre, pero nadie salía.

Alarmado por el escándalo, se asomó un vecino y me explicó que el doctor acababa de marcharse a otro parto hacía cinco minutos.

- ¡Qué casualidad! ¡Dos años sin nacer un niño aquí y ahora nacen dos a la vez! ¡Maldita sea mi suerte! - le grité al vecino, que se metió en su casa antes de que terminase la frase.

Como no había otro doctor en el pueblo me volví al hotel rápidamente, pensando qué podría hacer, ¡qué le iba a decir a mi esposa! Para mi sorpresa, cuando llegué ya había una mujer que decía ser matrona atendiendo a Sarah en su habitación. Creo que era una enviada divina.

 Veía a las camareras subir con baldes de agua caliente, sábanas, etcétera. Yo me sentaba y me levantaba del sillón de la entrada hasta, ¡qué nervios!

Hasta que oí una voz que dijo:

¡La criatura nació! Y llantos fuertes de bebé culminaron mi emoción.

Era una niña preciosa, toda llena de rosquillas, grandes ojos claros, piel canela y con mucho pelo en su cabecita.

A la mañana siguiente el doctor vino a nuestra casa para comprobar el estado de Sarah.

El buen doctor se disculpó por no haber podido atenderla anoche y contó una historia que me pareció algo rebuscada aunque no por ello menos cierta.

- Veréis, como ya saben anoche me llamaron para atender un parto urgente, minutos antes de que Daniel llegara a mi casa. El empresario que construye el hospital en el pueblo, está aquí desde comienzos del otoño supervisando las obras, por lo que se mudó con su esposa desde el otro lado del país con la intención de quedarse aquí hasta el día de la inauguración del nuevo hospital. La señora del constructor Johan, la bella Nassay tuvo un parto difícil aunque terminó bien, por eso no pude venir antes, por lo...

Entonces dejé de oír la voz del médico y noté un fuerte zumbido en los oídos, sentí como si la cabeza dejara de pesar y un calor como salido del mismísimo infierno me subía por la cara. No conseguía enfocar mi vista en ninguna dirección y pareció que la luz comenzase a irse. El doctor me notó algo raro y preocupado por mi rostro me ayudó a sentarme en el diván de la habitación, poniéndome los pies en alto, desabrochándome la camisa. Por más que me preguntaba, las palabras no salían de mi boca. Sentía un millón de ellas agolpándose en mi cabeza, peleando por salir la primera, mas mi voz se ausentó. Vi como las manos de Sarah, apretaban las sábanas y como pude me serené un poco. Me levanté de golpe y sujetando al doctor por el brazo lo aparté de allí, llevándolo a la entrada de la habitación con objeto de que me detallase aquella mujer a la que había atendido.

Apenas comenzó, no tuve la menor duda de que se trataba de la misma persona. Una sensación tan extraña como indescriptible. No dejaba de preguntarme cómo en un mundo tan grande, en un país tan enorme y después de que el destino me hiciera rodar tanto, podía darse tal coincidencia. Comencé a creer que vivía dentro de una vieja fábula o cuento de hadas. Algo mágico o astrológico. Parecía pertenecer todo a otra vida.

Por muy estrambótica que pareciese aquella casualidad, no podía dejar de admitir que aún sentía algo y no sabía el qué exactamente, pero estaba decidido a averiguarlo.

Le pedí al doctor la dirección de aquella familia, con la excusa de que yo era de una ciudad cercana a la de ellos y que me gustaría darles la enhorabuena. Él accedió encantado.

Sarah se mostró preocupada por mi reacción cuando el doctor nombró a la mujer que atendió la noche anterior, por lo que me apresuré a quitarle importancia a mi impresión alegando cansancio y emociones del parto. Aún no estaba preparado para contarle toda la verdad.

Un día después, salí muy temprano con la idea de verla, de preguntarle muchas cosas, de darle cien explicaciones, abrazarla, reprocharle que se hubiese casado. Pero cómo, si yo la traicioné antes.

No, no debía verla, mas mis piernas temblorosas comenzaron una tras otra a caminar rumbo a la calle que me proporcionó el doctor. Muy confuso, cabizbajo y tratando de serenarme, de armarme de valor, caminé casi un kilómetro sin darme cuenta, cuando oí una voz que me sobrecogió el alma.

Una voz de mujer que se despedía de alguien, pero esa voz... Levanté la cabeza y a unos diez metros la vi, allí estaba con un vestido de terciopelo azul. Un escalofrío me recorrió el cuerpo dejándome inmóvil.

Era ella, radiante a pesar de acabar de dar a luz tres días antes. Su hermosura y la belleza natural de su rostro, no tenían comparación. Tragué saliva y respiré muy hondo poniendo mis pasos en su dirección.

A pocos metros, un hombre con abrigo largo y oscuro le daba un beso en la mejilla y agarrándola por un brazo, entraron en una casa.

- ¡Maldita sea mi suerte! - grité entre dientes con rabia.

Di la vuelta y mientras caminaba hacia el hotel, comencé a verla en todas direcciones, entre la gente, delante de mí, a los lados, ¿estaba volviéndome loco?

Pensaba en tantas cosas que la cabeza estaba a punto de explotarme. Debía hacer algo, tal vez proponerle a Sarah adelantar el viaje para la próxima semana. Lo antes que se pudiese a fin de parar aquello que estaba sintiendo.

Ahora tocaba reservarse los pensamientos, incertidumbres y agobios, pues mi esposa no podía darse cuenta de que algo raro estaba ocurriendo en realidad, mas no se merecía que la engañase.

Una tesitura difícil e insoportable.

Quedamos de acuerdo para emprender el viaje en diez días y en la semana siguiente hice lo posible por ocuparme tantas horas del día como aguantase mi cuerpo. Sarah por su parte, estaba cada vez más fuerte y se la pasaba apuntando instrucciones a los empleados del hotel para cuando nos fuésemos, siempre que la recién nacida Annie se lo permitía.

En el andén, había una señora mayor que pregonaba boletos de lotería estatal por una cantidad razonable si teníamos en cuenta el premio a ganar. Mi esposa era rica, la más de todo el condado y aunque compartiésemos todos sus bienes, sentía la obligación de aportar algo, de modo que pensé, ¡por qué no! ¿Qué iba a perder?

Y le compré a aquella vieja lotera todas las participaciones que llevaba. La pobre mujer muy agradecida, me dio su bendición y me deseó toda la suerte del mundo para que me tocase. Volví al tren con aquellos billetes en el bolsillo interior de la chaqueta, con la esperanza de que sus palabras y deseos se cumplieran. El tren comenzó su camino con un suave vaivén y su rítmico traqueteo.

- ¿Todo va bien? Te noto distraído Daniel ¿en qué piensas? - preguntaba Sarah.

 Y es que estaba absorto en mi sueño de millonario. Imaginando qué podría hacer con el dinero del premio.

Todo transcurría con la normalidad prevista para un viaje en tren a principios del siglo XX. En un par de horas, la próxima estación. Una parada de cinco minutos y desde mi ventanilla aquella estación tenía buena pinta. Le dije a Nassay que le compraría un dulce que hacían por allí. Y nos bajamos los cuatro del vagón en cuanto se paró.

Aquel andén con el suelo de color rojo brillante y el techo tan altísimo con esos cristales de colores que convertían la luz del sol en un extraño arcoíris nos causaron impresión. Junto a unas enormes puertas de hierro y cristal, un pequeño grupo musical deleitaban a transeúntes con una música armoniosa acompañada de sus voces a coro. Dentro de esa estación sentí estar en otro mundo. El conjunto de sensaciones que transmitía aquel lugar, te transportaban a un sitio más bien celestial, quedabas atrapado por su encanto.

La pequeña Annie, en brazos de su madre, envuelta en una colcha de suave lana blanca, abría exageradamente los ojos al oír la música. Nassay de mi mano se quedó boquiabierta frente a los músicos, observándolos con gran admiración. Sarah me abrazó en aquel mágico instante que quedaría grabado en nuestras memorias por siempre. El silbato del revisor avisaba de que el tren continuaba su marcha.

Cuatro horas más y estábamos en mi viejo hogar. Entramos en nuestro amplio compartimento y nos acomodamos en aquellos asientos de madera forrados con terciopelo rojo y rellenos de algodón.

Nassay apoyó su cabeza en mis piernas y se quedó dormida mientras veía como Sarah le daba el pecho al bebé.

Miré a mi esposa, le sonreí y con un profundo suspiro giré la cabeza para mirar por la ventanilla para ver cómo nos alejábamos de la estación poco a poco.

Capítulo 31 " La fiebre del oro "

El sol en su ocaso, iba dejando de iluminar el paisaje que veía a través del cristal. Le conté a Sarah que desde mi hogar en esta época del año se podía ver cómo la montaña nevada contrastaba con las flores rojas que salían en el valle, junto al lago y al decir eso un sinfín de recuerdos se apresuraron sobre mi cabeza en forma de imágenes que se sucedían sin parar, recordando desde que era pequeño hasta el día en que me reclutaron. Una lágrima recorrió mi rostro, parándose en la comisura del labio. Sarah, que me miraba, con sus finos nudillos, me la secó y me dijo:

- No te atormentes, ya pronto habrás cumplido tu sueño, amor mío. Ya pronto.

Le sonreí y cerré los ojos quedándome dormido.

Los gritos del revisor me despertaron asustado, pero me alegré de aquel susto. ¡Al fin en casa!

Desperté a Nassay que se llevó todo el trayecto dormida mientras Sarah ponía a la pequeña en su cochecito y nos dirigimos a la puerta. Estaba oscuro y un mozo nos traía el equipaje en una carretilla a la que le chirriaban las ruedas. El andén y la estación en general, no estaban como yo la recordaba. Se encontraba en muy malas condiciones, medio derruida, como abandonada.

Sobrecogido le pregunté al mozo por lo que sucedió allí y me contestó con voz triste:

- La fiebre del oro, señor. Es la fiebre del oro que ha arrasado todo el pueblo por completo. Quedamos muy pocos ya aquí.

Boquiabierto y muy extrañado, le rogué un transporte para llegar a mi casa lo antes posible, pues la noche se estaba cerrando.

- El único que puede llevarles ahora es el chico de aquella carreta. Es un poco distraído, pero es bueno.

Cargamos las maletas y nos subimos a aquella carreta tirada por dos mulas tordas. Enseguida nos pusimos en camino. El simpático cochero, mientras sujetaba las riendas nos contaba anécdotas que supongo que serían divertidas para él. Yo al menos no le entendía ni la mitad de las palabras. Parecía algo distraído, un poco raro. Daba la sensación de que padeciese alguna enfermedad mental, sí, tenía toda la pinta.

No pronunciaba la mitad de las palabras, babeaba constantemente y hacía unos ruidos extraños.

Y cómo se reía:

- ¡Jain, jain, jain, que te jain!

Esa manera tan original de reírse te provocaba cuando menos una carcajada. ¡Qué simpático! Aquel buen joven que aceptó llevarnos a la granja en su carreta sin pedirnos nada y encima nos llevó riéndonos todo el camino.

- ¡Jhooooo! ¡Pádate muula q-que vemoz llegaooo! ¡ jain,jain,jain, que te jain!

Con este grito tan peculiar, llegamos por fin a mi casa.

- ¿Cómo te llamas, chico? - le pregunté al divertido cochero.

- Me llaman a vocez, zeñor - me contestó guiñando ambos ojos.

- ¿Pero qué nombre es ese?

- ¡Ah! mi nombre, es Clement, soy Clement Bubu.

Sarah y yo soltamos al unísono unas tremendas carcajadas que nos hicieron reir hasta llorar. Le dí unas cuantas monedas y agradecido se volvió con sus famélicas mulas.

Me acerqué a la campana de la puerta para tocarla y darle la sorpresa a mi familia, pero me dió la impresión de que aquello estaba abandonado. Quizás los nervios me traicionaban, o la falta de luz no me dejaba ver bien, pero juraría que estaba todo como desierto. Toqué la campana y miré asustado a Sarah que bajaba su mirada al suelo con cierto aire de preocupación.

A lo lejos oí una voz que gritaba:

- ¡Ya va, ya va! ¡Quién demonios es a esta hora! Será algún forastero perdido. - murmuraba.

- ¿Madre? ¡Madre! - grité angustiado.

Desconfiada, mi madre no dejaba de preguntar quién era, como si no me conociese.

- Soy yo, Daniel. Tu hijo Daniel.

Noté cómo se agarraba a la verja fuertemente y muy impresionada, de repente se desplomó.

Me arrodillé y levantándole la cabeza, le dí unas palmaditas en la cara que hicieron que abriese los ojos diciendo:

- Por Dios hijo mío, si tu padre te viese. ¡Pero si te enterramos creyendo que habías muerto! ¿Por qué no habías escrito en todo este tiempo?

Le ayudé a levantarse y abrazándose a mí, rompió a llorar desconsoladamente.

- Es una historia muy larga mamá. Vamos a dentro y hablamos. Por cierto, esta es mi esposa Sarah y mis hijas Nassay y Annie. Y con esta presentación de infarto, nos dirigimos a dentro.

Evidentemente mi casa no estaba en su mejor época, se encontraba con muy mal aspecto. Las paredes desconchadas, ventanas medio caídas, la puerta principal no cerraba, olía a humedad, etc.

Bajo la luz tenue de un candil, nos sentamos como pudimos en el salón, alrededor de la chimenea que quemaba tristemente su penúltimo tronco.

Mi madre había envejecido el doble de rápido y apenas le salía la voz del cuerpo cuando se dispuso a contar la desgracia que había arruinado a aquel pueblo. Según contaba, la culpa podía atribuírsela a un sólo hombre. Aprovechando los años de reclutamiento, en los que nada más quedaron mujeres, ancianos y tullidos en el pueblo. El señor Dell, que así era como se llamaba aquel villano, a golpe de talonario compró el banco, después los almacenes y entonces se hizo con los títulos de propiedad de los terrenos que aún no habían sido pagados al completo. Los arruinó a todos pero les daba una opción para salir de aquel pozo.

Al parecer el señor Dell, compró unos terrenos en los que descubrió una mina de oro y necesitaba trabajadores.

Por lo que la solución para que no fuesen embargados pasaba por trabajar en la mina para él. ¿La paga? sus tierras.

El infame construyó unos barracones a la entrada de la mina para alojar a los trabajadores y tenerlos a jornada completa. Con las autoridades de su parte, poco se podía hacer legalmente.

En condiciones infrahumanas, los hombres vivían y trabajaban con el único propósito de mantener a sus familias salvas en casa. Mi padre y mi hermano Roland se encontraban allí recluidos junto a los demás, en ese infierno. A duras penas mi madre comía y vivía casi en total soledad.

Tras un buen rato escuchando aquellas dramáticas declaraciones observé que las pequeñas dormían y las cogí a las dos para ponerlas juntas en la cama. Subí a mi habitación y cuando abrí la puerta me asombré de ver que mi madre conservaba el cuarto exactamente como yo lo dejé el día en el que partí hacía ya muchos años. Pensé en todo lo que había sufrido mi madre en aquel tiempo y caí en la cuenta de que Nassay tuvo que haberlos pasado también verdaderamente mal.

Cerré la puerta y me dispuse a bajar cuando oí una conversación abajo en el salón que me hizo quedarme quieto. Parecía que Sarah le contaba a mi madre algo que no quiso contarle en mi presencia.

Sin querer hice ruido y tuve que bajar como si no hubiese oído nada.

- ¿De qué hablabais? ¿Qué me he perdido? - pregunté mirándolas a las dos.

- Nada mi amor, le comentaba a tu madre lo preocupado que estabas por ellos. - dijo mientras sonreían las dos.

Aunque no me lo creí, tampoco quise darle importancia, estaba demasiado cansado y debía asimilar muchas cosas de golpe. Todos necesitábamos descansar y acordamos que por la mañana buscaríamos alguna solución a aquella tragedia. Sarah y yo, apenas mediamos palabras, simplemente nos dimos un beso y quedamos dormidos.

Lo primero que debía hacer era intentar llegar a un acuerdo con aquel ser tan despreciable, el señor Dell.

Pregunté a mi madre si sabía dónde encontrarle. Ensillé al viejo alazán que se aburría en el establo y me dirigí a sus oficinas.

Entré en el edificio, junto al banco y apareció una joven de cabellos rubios y cortos hasta la punta de sus orejas, como marcaba la última moda. Muy simpática, de un metro sesenta de estatura, aproximadamente, delgada, con poco pecho, cintura estrecha pero anchas caderas finamente torneadas.

Agradable tanto al oído como a la vista, se dirigió a mí preguntándome qué deseaba.

- Vengo a hablar con el señor Dell, ¿quién es usted? le pregunté algo serio.

- Pues el señor Dell está ocupado, ¿tiene usted cita con él? me dijo amablemente.

- ¡No necesito cita para hablar con ese ladrón! - le grité algo descontrolado, mientras le miraba a los ojos.

Ella, pidiéndome calma, con una voz muy fina y dulce hizo que me disculpara por haberle gritado.

- Lo siento mucho señorita, es que vengo muy indignado.

- Le entiendo, veré si mi padre puede atenderle, señor...

- Daniel, me llamo Daniel y vengo de la granja que hay junto al lago.

Vaya mala suerte, fui grosero con la hija del villano, pensé que me vetaría por aquello nada más entrar, pero no fue así y me hizo pasar enseguida. Tras aquella puerta, un tipo de unos sesenta años, medio calvo.

El poco pelo que le quedaba era de color gris. Unos lentes muy gruesos y con barba de varios días. En aquel despacho apenas se podía respirar. Un olor a puro viciaba el ambiente y una lámpara de sobremesa iluminaba la lúgubre habitación sin ventanas.

Con voz muy grave me preguntó qué quería. Me propuse ser agradable y educado, aunque para ello tuviese que morderme la lengua.

- Pues verá usted, mi familia está pasando una mala racha y yo...

Apenas me dejó terminar, el desgraciado. Me cortó enseguida indicando que no era su problema.

Monté en cólera rápidamente y embravecido me dirigí a él cuál locomotora sin control a darle una severa golpiza.

No dí tres pasos cuando un par de fortachones semejantes a dos gorilas me agarraron cada uno por un brazo me echaron fuera del edificio advirtiéndome de lo que me pasaría si volvía por allí. Enseguida fui a ver a la autoridad del pueblo para denunciar aquel abuso.

Cuál fue mi sorpresa al enterarme por un guardia, que el antiguo jefe de policía que había antes también se encontraba en las minas, trabajando para el astuto señor Dell.

En su lugar puso a un socio suyo. ¡No había nada que hacer!

Me encontraba realmente nervioso, impotente ante aquella situación, incluso llegué a sentir nauseas.

Las manos me temblaban y mientras corría a la granja, no hacía otra cosa que preguntarme cómo había podido llegar a eso, a sumir en la desgracia a todo un pueblo, con lo afable que era todo antaño.

Fatigado y con un sudor frío que me empapaba la frente, entré en la casa y subí a buscar el arma reglamentaria que mi hermano se trajo del ejército.

Una vez la encontré, comprobé el cargador y la preparé para

utilizarla.

Sarah entró en la casa, gritando mi nombre asustado y nervioso.

- ¿Qué haces Daniel? ¿Para qué llevas esa arma? ¡Contéstame, por favor! ¡Qué está pasando! - me dijo temblorosa.

- Voy a tratar de solucionar un problema que nadie se atrevió a resolver antes. - le contesté con rabia.

- Tengo mucho miedo Daniel ¿y si te pasa algo? ¿Qué sería de mí y las niñas?

La aparté de mi camino y monté en mi caballo poniéndome en camino al pueblo dispuesto a acabar con aquel infame y su red de esclavitud. Nada más entrar en el pueblo, en la avenida principal, había una llamativa tienda de telas con grandes ventanales y un gran cartel blanco colgado en la puerta que decía:

- Número agraciado de la gran lotería nacional 132465.

Paré el caballo en seco y casi me caigo. ¡Era mi número! ¡Seguro que era mi número! Lo memoricé durante el viaje.

Di la vuelta con el caballo y a galope tendido regresé a casa para comprobarlo.

Mi esposa y mi madre, lloraban al tiempo creyendo que habría sucedido una desgracia.

Ignorándolas a ambas, descolgué el abrigo del perchero, metí la mano en el bolsillo interior buscando los boletos pero no encontraba nada. Pensé: ¡Dios mío, juraría que guardé los billetes aquí!

Y tremendamente nervioso miré en el otro bolsillo donde noté unos papeles. Saqué la mano y allí estaban. Comprobé el número, 132465. ¡Me había tocado! Aquella vieja, cumplió lo que dijo, llenándome de sentimientos, de alegría, júbilo, esperanza, bienestar, dicha...

Todo lo positivo que se puede sentir. Dimos todos saltos de

alegría y con otro espíritu, volví a montarme en el caballo camino al pueblo.

Entré en el banco para cobrar el premio y me dijeron que no tenían tanta cantidad allí, debía esperar unos días o cobrarlo en talones avalados por el banco.

- Aguarde unos minutos, voy a avisar a la directora. - me dijo el ventanillero.

Me senté en un incómodo banco de madera en la puerta del despacho de la directora.

Al poco una voz familiar dijo desde adentro: - ¡Pase, por favor!

Qué cara de asombro me debió quedar cuando al abrir la puerta, vi que la directora del banco era nada más y nada menos que la guapísima hija del despreciable señor Dell.

- Hola Daniel, siéntese por favor.

- ¿Ahora me hablas de usted? Qué bien, pues sepa usted, señorita, que aunque ahora mismo tenga más dinero yo que su banco, sigo siendo el mismo que hace unas horas.

Agachó la cabeza disculpándose.

- No necesito que se disculpe usted, además se pone muy fea con esa cara de tristeza. Es su cruel padre el que sí se va a disculpar muy mucho, se lo aseguro.

- Por favor, no le haga daño a mi padre. Yo sé bien que es un hombre sin escrúpulos, pero es mi padre, compréndame.

Me puse en pie de un salto y apreté los puños. Ella se levantó a la vez y me sujetó con un fuerte abrazo.

Me miró fijamente con los ojos brillantes como estrellas y me suplicó llorando que no le hiciese daño a su padre, pues se sentía muy sola.

- No se preocupe usted señorita, si su padre acepta mi dinero, no habrá ningún problema por mi parte, pero he de advertirle que de lo contrario...

- No lo habrá Daniel, pierda cuidado. Yo misma le acompañaré a su despacho y por cierto, me llamo Morelia.

En la calle, camino al edificio contiguo, Morelia me iba contando que su madre falleció al nacer ella y por ese motivo su padre se convirtió en el ser huraño, desagradecido y todas esas cosas más que yo ya sabían. Me decía esto mirando al suelo y golpeando con sus botas las piedrecillas de la calle que encontrada a su paso haciéndolas rodas varios metros.

- Daniel, eres una buena persona, no hace falta conocerte para darse cuenta de eso. Qué afortunada debe ser la mujer que comparta su vida contigo. - continuó con la cabeza agachada ya en la puerta del edificio de oficinas.

Educadamente, le dí las gracias por el cumplido y entramos en la oficina en donde su padre, se levantó muy bravo nada más verme gritándole a sus perros de presa para que me echasen el guante cuando Morelia con un grito agudo dijo: ¡Basta ya! ¡No papá! Daniel viene a proponerte un negocio y debes aceptarlo, ¿me oyes?

Todos quedamos como congelados por unos instantes, incluso los fuertes gorilas del señor Dell.

Vaya genio el que gastaba la pequeña hermosura güerita. Asombroso.

- A ver, cuál es ese asunto que te trae aquí, ¿chico? ¿Acaso te vas a casar con mi hija? - Se rio a carcajadas, despreciando la capacidad y el encanto de su propia hija.

- No señor, vengo a comprarle la deuda que todo el pueblo mantiene con usted. Quiero que me dé todas las propiedades embargadas, le pagaré en efectivo o como usted quiera, si no acepta el trato... - me eché la mano a la espalda y empuñé la pistola preparándome para sacarla en cualquier momento, cuando Morelia me agarró la mano suplicándome unos instantes.

- ¿Acaso tienes tanto dinero, insolente?

- Sí papá, sí lo tiene y mucho más diría yo. Yo misma lo he comprobado. - le dijo Morelia alzando unos papeles que llevaba en la mano.

A ese villano cruel y despiadado, le acababa de salvar la vida su hija, a la vez que hizo el mejor negocio de su mísera vida. Un episodio muy rocambolesco. De modo que hicimos el trato y solucionamos todo en cuestión de unas horas. Me pareció demasiado fácil aquella misión como salvador de causas perdidas.

Uno por uno, fueron llegando los vecinos del pueblo a sus casas después de unos duros meses de trabajos forzados en la mina de aquella alimaña.

Yo acompañado de mi esposa Sarah, fui de casa en casa dándoles en la mano sus títulos de propiedad embargadas.

Un día después prepararon una gran fiesta para celebrarlo con fuegos artificiales y mucha comida en la plaza del pueblo. Aquello se convirtió en una fiesta que se celebraría ya todos los años.

Alguno pedían que pusieran una calle con mi nombre, otros querían que en la plaza se me hiciera una estatua.

Sarah me besaba y abrazaba constantemente siempre que me soltaba algún vecino agradecido.

Fue el destino el que me hizo de nuevo creer que en la vida todo llegaba y si no en ésta, en otra vida.

Pleno de satisfacción, apenas me acordaba de los compañeros que dejé atrás, de la mujer que se fue, abandonándome con una preciosa criatura y por supuesto la hermosa Nassay.

¿Volvería a ver algún día a todas aquellas personas a las que quise tanto? Ya con todo lo que llevaba vivido podía esperarme cualquier cosa.

Capítulo 35 " Sexo y alcohol"

Unas vacaciones cortas e intensas. Sarah se apresuró por marcharse para terminar de realizar el balance del mes en el hotel y yo aún debía esperar a firmar unos últimos documentos. El primer tren de la mañana, no hacía escalas por lo que el trayecto era más corto. Las niñas se iban con mi esposa y el equipaje lo llevaría yo, dos días después.

Antes de marcharme, quería despedir a la señora Mercedes. Qué montón de recuerdos pasaron por mi mente cuando tomé el camino a su casa. Cómo recordaba el olor de aquellos árboles que me transportaban años atrás cuando paseaba con Nassay por esos caminos de tierra y parábamos a los pies del gran lago, para en silencio, recrearnos con la majestuosidad de la montaña y oír el suave murmullo del agua.

Toqué su puerta y la mujer al abrirme se llevó una grata sorpresa, pues aunque nos saludamos tímidamente, no se esperaba que fuese a despedirme de ella.

- No esperaba que vinieses a despedirte Daniel, sinceramente no lo esperaba. -me dijo emocionada.

- Cómo no iba a hacerlo, doña Mercedes, con la de asados suyos que me comí, además una cosa no quita a la otra, ya sabe.

Me hizo pasar y entre limonadas y recuerdos pasaron varias horas tan rápido que se me hizo tarde.

- Hace rato que debí haber regresado. Gracias por todo y prometo escribirle de vez en cuando. ¡Adiós!

Apresurándome de camino al pueblo pensé que ya era demasiado tarde, quizás y quise cambiar mi camino a mi casa directamente, pues el sol casi se había escondido y la noche estaba por llegar. Los papeleos los arreglaría por la mañana, antes de coger el tren de mediodía cuando vi como unas luces al final del camino. Se oía como si un automóvil se acercase. Conforme andaba vi que efectivamente era un automóvil y parecía conducido por una mujer. Claro, era Morelia.

Me quedé parado en un lado del camino y ella se detuvo junto a mí. Sacó la cabeza por la ventanilla y me dijo:

- Oye, ¿no pensabas despedirte de mí? ¿Acaso no te ayudé bastante?

En aquel instante, me quedé sin palabras, no lo esperaba. Intenté explicarle que por la mañana iría al banco a terminar los formularios y no me dejó terminar.

- Sube y acompáñame a tomar una copa. Pórtate como un caballero, ¿quieres?

Para cuando me quise dar cuenta, estaba con Morelia en un bar a las afueras del pueblo tomando tragos y charlando de nuestras aventuras. Resultó ser una chica muy extrovertida y simpática. Una mujer bastante entrañable pese a ser hija de quien era.

- Al fin encuentro a alguien que sabe escucharme y entenderme. Un hombre que... está casado. -dijo con la mirada perdida en el fondo de su vaso vacío.

Morelia había tomado demasiados combinados quizás y creí que lo mejor sería llevarla a casa.

- Creo que estás algo bebida y debo llevarte a casa.

- No seas aguafiestas Daniel, sólo estoy un poco alegre. Estoy muy bien, de lo contrario no me atrevería a decirte lo mucho que me gustas. Eres valiente, noble y ¡tremendamente guapo! ja, ja, ja, ja ¡Dios! estoy hablando demasiado. -me dijo con dificultad, agachando la cabeza y haciendo que su desaliñado cabello le tapase media cara.

- Ya basta de alcohol por hoy, Morelia.

Me levanté de la mesa y la ayudé a levantarse. Suerte que en hotel, aprendí a conducir un automóvil que teníamos para llevar a los huéspedes a la estación.

Llegamos a su casa y de repente ella pereció no haber bebido nada en todo el día. Su voz le volvió a la normalidad aunque al salir del automóvil, mientras yo le sostenía la puerta, tropezó un poco y se sujetó a mis brazos fuertemente. Me soltó los brazos y me abrazó pidiéndome perdón por el tropiezo.

Su nariz quedó a menos de un centímetro de la mía.

- Ayúdame a entrar, puedo volver a tropezar, por favor.

Aunque no me importaba acompañarla un rato en su soledad, hasta asegurarme de que realmente estaba bien, yo debía marcharme a casa. Todos debían estar preocupados ya por mi tardanza.

- Una casa muy bonita, pero seguro que eso te lo dicen todos.

- Le comentaba mientras ella se cambiaba en la habitación.

- Jamás ha venido ningún hombre a mi casa, excepto mi padre, Daniel. -me gritaba desde el dormitorio.

Parecía que mi habilidad para decir lo incorrecto en el momento inoportuno era ya un hecho.

Me senté en un cómodo sofá que tenía en el salón desde el que se veía la mitad de la puerta de su habitación.

Ella asomó por allí con una actitud un tanto provocadora y atrevida. Revelando un seductor conjunto de ropa interior de color rojo, encajes y bordados con unas medias atadas a un bonito liguero del mismo color que se le ajustaban a su cuerpo como una segunda piel.

¿Cómo pude haberme metido en aquel lío? Tenía que remediar aquello antes de que se me escapase de las manos. No podía sucumbir a sus formidables encantos, mas era una ardua tarea. Aquella ardiente mujer lo tenía todo en su sitio y muy bien puesto. Un cuerpo maleable, manejable y dispuesto para hacer locuras en la cama hasta morir de placer.

No era justo que mi pobre esposa estuviese esperándome sola

y yo, yo no podía pensar ya con la cabeza, no podía ver más allá de su sujetador.

- No te reprimas Daniel, nadie va a enterarse. - Me animaba aquella Afrodita.

Tragué saliva y como pude intenté evadirme con cumplidos sobre su belleza, pero cuando quise levantarme noté que algo pasaba dentro de mis pantalones y le pedí que bajase la luz. Mi vergüenza no me permitía saber que ella veía mi pantalón a punto de reventar.

Me abracé a ella fuertemente, poseído por la lujuria. Cogí su mano y le dí la vuelta como a una bailarina poniendo su espalda pegada a mí apretándola una vez más.

Acaricié todo su cuerpo contando con mis labios cada uno de los lindos lunares que lucía su espalda.

Suavemente le quitaba los broches de la poca ropa que llevaba, mientras un calor infernal me recorría todo el cuerpo.

Morelia se dio la vuelta y me arrancó todos los botones de la camisa para aferrarse con fuerza al cinturón que se le resistía durante algunos segundos.

Sentí mi sangre arder, como un volcán a punto de estallar y culpé a la bebida por ello. O quizás era el perfume embriagador y dulce de su piel lo que me hizo perder la cabeza. Tan sensual y ardiente como un terremoto junto a un trueno y un volcán. Una auténtica bomba.

- Hazme enloquecer de placer, vida mía. -me susurró al oído.

Había cosas en la vida que no se les podía negar a ciertas personas, pues bien, aquella era una de las cosas y ella una de esas personas.

La levanté del suelo por sus firmes glúteos y ella a horcajadas me rodeó la cintura con sus piernas.

Sin luz, ya en su habitación, imaginándonos donde teníamos cada parte del cuerpo, nos acariciamos y besamos hasta fenecer llegando al punto máximo de la locura y el placer. Explotamos en gritos de pasión hasta caer agotados tras haber repetido varias veces aquella tórrida escena. Quedé extenuado con mi cabeza en sus pies empapados en pecado y pasión hasta que un rayo de sol del día siguiente me dio en la cara, despertándome así de aquel sueño erótico.

Me encontré sólo en su cama y al levantarme, vi una nota de papel perfumado en la mesita que decía:

- Ha sido una noche inolvidable para mí y me gustaría repetirla todas las noches de mi vida. Desayuna lo que quieras y recógeme a las cuatro. Te adoro: Morelia D.

Evidentemente debía vestirme, ir a recoger mis cosas, disculparme y despedirme de mi familia y montarme en el primer tren que saliese hacia mi destino. No sólo por el lío en el que me estaba metiendo, sino porque no podía dejar de pensar en mi esposa, ella no lo merecía. Yo la quería y aunque no busqué aquello con Morelia, tampoco fui capaz de salir huyendo de su casa, lo que me llevaba a preguntarme si realmente quería a Sarah y de ser así, cómo pude haberla traicionado.

Sería una dura cuestión que yo mismo tendría que plantearme, porque era atracción física lo que abrigué por aquella mujer, Morelia.

Tras disculparme con mi familia y despedirme de ellos en la estación, subí aliviado al tren prometiéndoles escribirles a menudo. Allí se quedó mi familia, felices y juntos empezando de nuevo otra vida.

El viaje en tren me resultó de lo más aburrido. Con muchas paradas cortas, el tiempo justo para subir y bajar. Tuve tiempo más que de sobra para pensar qué le iba a decir a Sarah y si se me notaría mucho. Me acordé de mi hija Nassay y no entendía por qué su madre, Praxis, se fue de esa manera, aunque tuviese madre de sobra con mi esposa, no podía ser lo mismo. Entre meditaciones y lapsos de tiempo llegué a mi destino deseoso de abrazar a Sarah y a las niñas.

Me bajé del tren y la busqué a derecha e izquierda pero no las veía. Miré a un lado y a otro y nada, no estaban. Quizás no me esperaban tan pronto o quizás se hubiesen entretenido. Me acerqué a un banco del andén decidido a esperarlas un rato cuando vi a un empleado del hotel, que apresuradamente se dirigía hacia mí haciéndome señales.

- ¡Señor! ¡Señor! - gritaba exasperado.

- Hola amigo ¿y la señora, por qué no ha venido?

El joven agachando la cabeza me dijo que estaba algo indispuesta y que no era nada de importancia, que no había de qué preocuparse.

Aquel gesto me provocó desconfianza, de todas formas no sabría si era cierto hasta que no llegase al hotel, de modo que metí las maletas en el vehículo y nos pusimos en camino a toda prisa.

A lo lejos veía al perro que ya nos había oído, como ladraba y daba vueltas alborotando, como si le faltase un tornillo.

Nada más bajarme del auto, Oli se abalanzo sobre mí emitiendo unos sonidos como si estuviese llorando a la vez que me ladraba y movía el rabo como si se le fuese a caer de un momento a otro. ¡Qué buen perro!

En ese tiempo, me urgía saber el motivo real de la ausencia de Sarah y las niñas en la estación.

¿Estaría enferma o se entró de algún modo de mi infidelidad?

La duda se apoderaba de mi razonamiento y no me dejaba pensar con claridad. No vi a las niñas por allí, dejé mis maletas en el hall y subí las escaleras hacia la habitación por si estuviese allí Sarah y las niñas.

La puerta estaba cerrada pero oí voces en el interior de la habitación y una de ellas era masculina.

Golpeé dos veces la puerta y la abrí sin esperar contestación.

Sarah estaba sentada en una butaca con una colcha sobre las piernas y junto a ella, un tipo de pie con un maletín negro que me miraba por encima de sus lentes. Era un tipo delgado, de pelo negro, corto y rizado, con largas patillas y un extraño pendiente en su oreja izquierda. Era joven y de estatura mediana.

- ¿Qué ocurre aquí? ¿Quién es usted?

- Buenas tardes señor, soy el doctor Saint Fluid y vengo de la ciudad para ver a su esposa y tratar de curarle su dolencia, aunque me temo señor mío, que no me es posible.

Verá, su médico del pueblo me llamó y me comentó el caso al saber de mi experiencia en estos temas. No me ha sido posible venir antes, aunque de nada habría servido la prisa.

- ¿De qué caso me habla? Sarah no estuvo nunca enferma, algo de insomnio a veces y en el invernadero se relajaba, volvía a la cama y nada más.

Debía de ser una broma, pensé. Me reí con aquel personaje y le dije:

- ¡Casi me engañan! Es usted un gran actor.

Sarah se dirigió a él y le dijo:

- Doctor, gracias por su visita, espero su resolución definitiva. Ahora debo hablar con mi esposo. Adiós.

Yo no podía dejar de asombrarme por la escena que estaba viviendo. Me encontraba estupefacto, no acertaba a decir o hacer nada.

Ansioso y temeroso a la vez por lo que me tenía que contar, no podía dejar de sentirme fatal en aquel momento.

- Daniel, sé que quizás nunca me perdones el haberte ocultado algo tan grave, pero pensé que no querrías vivir con una mujer enferma y por eso te lo oculté.

Desde mi adolescencia, arrastro una enfermedad muy rara en mi cabeza. Los síntomas aparecen en ciertas ocasiones, sobre todo cuando mi mente está en reposo me sobreviene un terrible dolor que me despierta. Todos los especialistas conocidos me han estudiado y por el momento no puede hacerse otra cosa que tratar de mitigar el dolor. Ya ves que a veces el dinero no lo puede todo. Mis continuas visitas nocturnas al invernadero, no eran para relajarme sino para disimular mi agonía. Sufro gravísimos dolores de cabeza que me hacen a veces perder el conocimiento por unos minutos. Quizás si te hubiese contado esto antes, no hubiésemos concebido a Annie, no habría conocido a la fantástica hija tuya Nassay, ni habría llegado a ser la mitad de feliz que soy ahora gracias a ti. Sé por los médicos que no me queda mucho tiempo ya, pues las crisis van aumentando y eso significa que mi mal también aumenta. Sólo te pido que tratemos de pasarlo lo mejor posible. No quiero terminar mis días en un hospital alejada de mis niñas y de ti. Me he encargado personalmente del futuro de las niñas y te aseguro que no les faltará nada mientras vivan.

- ¡Basta! ¡No sigas! - Le grité arrodillado a sus pies con la cara inundada de lágrimas, recordando todos los momentos que pasamos desde que llegué a pedir trabajo al hotel.

La lógica no me daba a comprender aquella situación. Preguntas que se agolpaban en mi cabeza sin respuesta, cómo, cuando, por qué, y ahora, etc.

Me abracé a sus piernas llorando como un niño asustado durante mucho rato hasta que el reloj de la sala sonó anunciando que era la hora de la cena. Reparé en que pronto subirían a avisarnos y el panorama no era muy agradable al tiempo que debíamos procurar mantener el secreto el máximo tiempo posible.

- Amor mío, trataré de no contar nada a nadie y de que la pequeña Nassay no se dé cuenta de nada.

A ella la iré preparando poco a poco. Me levanté y sin poder aguantar mis sentimientos, me encerré en el baño para lavarme bien la cara y que la tristeza se notase lo menos posible.

Por qué el futuro me depararía aquellos designios tan oscuros...

Capítulo 37 "Paseos en la noche"

Sin ganas, me senté a cenar en el grande y cálido salón, en compañía de mi linda familia. Recuerdo que esa misma noche comencé a padecer mi insomnio. Empezó para mí una época en la que el sueño se convirtió en un recuerdo. Pasaba las noches dando vueltas primero por la cama, después por la habitación y terminaba levantándome. Para cuando me vine a dar cuenta, estaba en el jardín.

Al cabo de una semana, el hotel se me quedó pequeño y empecé a salir por el camino que llevaba al pueblo alargando mis paseos más y más, noche tras noche.

Una madrugada de luna nueva, mientras me devanaba los sesos en pensamientos e ideas absurdas, fui a parar a una calle que me resultaba algo familiar. La tenue luz de una farola me ayudó a ver el nombre de esa calle y justo debajo de la luz la puerta grande de color claro. Era la dirección que el doctor Mauricio me dio, donde se suponía que vivía Nassay.

¿Cómo pude llegar allí? ¿Era casualidad o el destino quería decirme algo?

La pena me embargaba el alma y mi subconsciente me pedía ayuda urgentemente, quizás por eso buscaba a Nassay, nadie como ella para aliviar mi dolor. Necesitaba contarle a alguien mis sentimientos, alguien que me consolara, que aliviase mi corazón.

Aquella misma noche al regresar al hotel, me puse a escribir una carta desesperada.

Sarah cada vez peor, ya no podía ni salir de la habitación.

En la carta le relataba a Nassay:

- Soy un hombre que siempre te amo y no pudo regresar a tiempo para recuperarte...

Preciso de tu incondicional ayuda a vida o muerte, pues...
Siempre Tuyo: D.

Le dí instrucciones para que la contestación se la diese el día después de recibir mi petición, al mismo heraldo que se la llevó. Quizás de aquel modo, no nos resultase tan violento el reencuentro entre nosotros.

Las horas que transcurrieron desde la entrega hasta la respuesta fueron insoportables.

A nadie le hablaba, me sentía muy nervioso y susceptible. Notaba hormigas en mi estómago a la vez que sentía un tremendo sentimiento de culpa por creer que traicionaba nuevamente a mi pobre y enferma mujer.

Ansiando la hora en la que mi mensajero me trajese alguna noticia, decidí ir al establo y coger un caballo para dar un paseo hasta el pueblo, por si veía al servicial cartero que me hacía esperar angustiosos momentos.

Salí al trote hasta el final del camino, casi en la entrada del pueblo. Observé cómo un antiguo y lujoso carruaje salía del pueblo. Miré bien a ver si distinguía quien iba adentro y no me lo podía creer.

Nassay con su bebé y el tipo del abrigo. Desde el lado del camino, pude ver cómo ella me miró y agachó la cabeza. Arreé al caballo y salí disparado al hotel donde ya me estaba esperando el mensajero junto a la verja de la entrada con un papel en la mano, atado con un lazo rojo.

- Señor su encargo está cumplido, págueme y me marcharé.

Le dí su recompensa y unas monedas de propina por el buen trabajo realizado.

Subí de nuevo al caballo y me fui a una pequeña colina detrás del hotel para ver con tranquilidad la respuesta.

Tembloroso me senté sobre la fría hierba dispuesto a digerir cualquiera que fuese su respuesta.

"Sé que eres Daniel, mi querido Daniel. Te he anhelado hasta el infinito durante largos días y noches más el destino ha querido que no vivamos juntos nuestra historia, que quedase no más que al principio. He sentido que mi alma era atravesada por un hierro candente al leer tu carta, pero comprende que nuestras vidas ahora son tan diferentes que no entiendo el momento en el que nos volvamos a reunir. Imagino que sentirás fenecer, mas debes entender que estoy casada. Asumo que por diversas circunstancias, no por amor, pero eso ya no importa, alma mía.

He intentado superar tu desaparición durante todo este tiempo y cuando creí haberlo conseguido apareces otra vez y me inquietas el corazón. Debo marchar para visitar a mi madre y estaré fuera unos días. A mi regreso, trataré de buscar al mensajero y te diré lugar y hora.

Pido a Dios que no me equivoque.

Te ama; Nassay"

Sabía que no podía haberme olvidado ten fácilmente, pero ¿por qué se casaría sin amor? ¿Acaso fue coaccionada al matrimonio?

Como no concretó el tiempo que estaría fuera, mi nivel de ansiedad subía por momentos, hora tras hora y día tras día.

Nada más que podía sentarme a esperar aquel desenlace procurando que la gente a mí alrededor no me notasen nervioso o excesivamente inquieto. Regresé al hotel para distraerme con las tareas y para que no notasen mucho mi ausencia.

En la puerta, vi un gran vehículo negro que casi tapaba la entrada y una de las camareras me hacía gestos desde el porche.

Era el doctor Saint Fluid que venía de la ciudad, ¿Quién había llamado al doctor? Subí velozmente las escaleras hasta la habitación de Sarah y cuando entré el doctor recogía una jeringa y guardaba varios frascos de cristal en su maletín. No sabía qué significaba todo aquello.

Nervioso agarré al doctor por uno de sus delgados brazos y le pregunté qué pasaba.

El doctor dejó su maletín en el suelo y me dijo:

- Su señora esposa, desgraciadamente ha empeorado antes de lo que esperábamos. Le he administrado un fuerte sedante, por lo que le aconsejo que mientras esté consciente se despida de ella por lo que pueda pasar. Lamento mucho tener que decírselo así, pero puede dejar este mundo en cualquier momento.

Cogí el maletín del doctor y lo arrojé lleno de ira contra la pared, haciendo que éste se abriese y se saliera gran parte de su contenido. Le grité que se marchara, el asustado doctor y apresuró su marcha. Las lágrimas en los ojos no me dejaban verle la cara a mi esposa. Por más que trataba de limpiármelas, era inútil, mis ojos se negaban a parar de llorar. Me sentía triste, abatido y muy culpable. Sarah se durmió tan deprisa que no pude decirle nada antes, así que me mantuve a los pies de su cama para cuando despertase.

Nunca supe si me oía en realidad, pero yo le hablaba y le contaba todo lo que se me ocurrió durante horas. Incluso le conté que había encontrado la pista de un antiguo amor.

Sarah tenía los ojos cerrados y estaba acostada en la cama boca arriba, con su roja melena suelta en forma de abanico. Le dije en el oído, susurrando, cuanto quería a la madre de mis hijas y que jamás sentiría nada igual por nadie. Dicho aquello le besé sus pálidas y frías mejillas y una lágrima rodó por su cara hasta perderse detrás de su oreja.

Sentí que expiró su tiempo entre nosotros. Su bella alma se marchó dejando un cuerpo inerte a mi lado.

Aquellos tristes momentos marcaron mi carácter y cambiaron la actitud alegre y dicharachera por una oscura y profunda depresión. Volví a ser el chico solitario y raro que era antes de conocer a Nassay.

Tiempo después la pequeña Annie comenzó a decir sus primeras palabras y mi hija Nassay a recibir clases de un profesor que venía a casa todos los días. Le iba bastante bien pues le encantaba aprender cosas nuevas.

De repente un buen día recibí la visita de una persona ya olvidada, el mensajero.

Aquel tipo parecía que me traía buenas nuevas de aquella que me marcó la vida con la palabra amor. Triste, compungido, apenas si le di las gracias al heraldo. Me dirigí a mi despacho a leer aquellas letras, sin demasiada ilusión, quizás en otro momento de mi vida hubiese dado saltos de alegría.

Decía así:" Querido Daniel: ayer mismo regresé de mi viaje y debo confesarte que más llena de orgullo que de otra cosa, pues todos contaban tu hazaña, incluso mi madre me habló de ti. Por eso y otros motivos que me reservo ahora, deseo que nuestro encuentro se lleve a cabo con la mayor prontitud posible. Mañana mi esposo se marcha a fuera de la ciudad por unos días y me gustaría que vinieses a mi casa. Sin más dilación me despido con esperanzas de verte pronto.

Te ama; Nassay"

Sentía que no era el momento ideal, pues mi esposa hacía pocos meses que había fallecido, mi bajo estado de ánimo quizás me llevasen a mostrarle unos sentimientos que no fueran los verdaderos, pero ¡qué estaba diciendo! Nassay me decía que me amaba en sus notas, que quería verme pronto, no podía volver a abandonarla, tenía que superar aquel trago lo mejor posible y semejante dilema no me iba a ser tan fácil de resolver. El olor de aquella nota me recordaba sensaciones de veranos interminables, noches sin dormir y experiencias estremecedoras.

Por momentos creí perder la cordura, me preguntaba qué hacer, tantas veces que había dado mi vida por ver llegar ese momento y ahora lo dudaba. Era un sueño convertido en pesadilla.

Fuera lo que fuese, mi destino seguía marcándome un sinuoso sendero y aunque quisiera no podría alterarlo.

Así que me dispuse a acudir a aquella cita, no con los ánimos que debiera más con la certeza de que tenía que acudir.

Cogí una camisa de mi armario y vi que tenía una mancha y llamé a una de las chicas del servicio para ver si podía ayudarme. Después del fallecimiento de Sarah, las habitaciones se fueron quedando vacías y no se volvieron a ocupar. La amable cocinera, la señora Martha Ge, se hacía cargo de las niñas la mayor parte del día, ellas se divertían mucho y Martha no se aburría.

Nadie contestó a mi llamada por lo que bajé a la cocina a comprobar si se encontraban allí, pero no vi a nadie.

Pensé que quizás estarían en la lavandería, que se encontraba al fondo de la gran cocina y me dirigí hacia allí con mi camisa en la mano.

Atravesé el blanco suelo de mármol de la cocina y sus brillantes paredes alicatadas. Un olor característico a pucheros hirviendo inundaba el aire. Desde la mitad de la cocina podía ver la puerta de los lavaderos que se encontraba entre abierta. Según me acercaba oía un murmullo o quizás leves lamentos que parecían provenir de allí adentro.

Me acerqué silencioso, pensando sorprender a algún animalillo escondido, muy despacio metí la cara por la ranura de la puerta para ver qué había dentro.

El sorprendido una vez más fui yo, pues jamás pensé ver una escena parecida. Era lo más sensual y erótico que jamás imaginé. Las dos chicas del servicio estaban semidesnudas, con los uniformes desabrochados y envueltas entre sábanas blancas y manteles de cuadros almidonados, acariciándose, besándose todo el cuerpo. Aquellas dos jóvenes se daban muestras de cariño, de un cariño bastante ardiente.

Despeinadas y con las cofias aún puestas se abrazaban y acariciaban la entrepierna con mudos gemidos de placer.

Lamían sus pechos apasionadamente y se retorcían de placer silenciado por el morbo de aquel escondite improvisado, evitando ser descubiertas.

Aunque me dieron ganas de unirme a la fiesta, sentí mucha vergüenza y pensé que lo mejor era hacerme de cuenta que no había visto nada. Dí dos pasos hacia atrás y al girarme para salir de allí lo más silenciosamente posible, tropecé con las patas del perro que dormía debajo de la mesa, cayéndome de bruces al suelo.

Al intentar evitar la caída me agarré al primer asidero que mi mano halló en su camino, pero era la puerta del horno la que evidentemente se abrió golpeándome en la cabeza produciendo un sonido acampanado y por si fuera poco, el maldito perro del susto soltó un aullido y dio un salto encima de mí.

Las chicas gritaron desde adentro de la lavandería y se apresuraron en salir mal vestidas, asustadas por el tremendo escándalo que formé. ¡Vaya escena tan patética! Con una risa contenida me preguntaron si me encontraba bien.

- ¡Pues claro que no! ¿Cómo podía encontrarme bien después de semejante disgusto?

Entonces una chica miró a la otra y volvió su cara para soltar una tremenda carcajada que a continuación se nos contagió a todos. Hasta creo que el perro también se partía de la risa.

Al menos aquello me sirvió para olvidarme de las dudas y malos pensamientos. Estaba claro que todo lo que me pasaba tenía un motivo.

Me di cuenta de que en la vida había tiempos que se guardaban para siempre en el corazón y amores que nunca pueden olvidarse, gracias a imborrables recuerdos que afanamos en el alma y que nunca jamás se olvidan con otro amor.

Capítulo 40 "Lágrimas"

Con todo ese desbarajuste, me enredé tanto que llegaba tarde a mi cita con Nassay.

No pude ponerme la ropa que pensé y con las prisas no me miré lo bastante en el espejo, pero ya daba igual. Odiaba que me hicieran esperar y por tanto no me agradaba la idea de hacerlo yo.

Le pedí al chofer que me llevase al pueblo los más aprisa que pudiese y así lo hizo. El cacharro aquel daba unos botes increíbles y llegué a pensar por un momento que no llegaría jamás, pero llegué.

Bajé del automóvil y fijé la mirada en el número de su puerta.

Mis nervios se exaltaban por momentos y mi corazón latía más y más rápido conforme me acercaba a su puerta.

Toqué suavemente en la madera y como si estuviese esperando detrás, abrió rápidamente y agachando la cabeza se hizo a un lado para que pudiese entrar.

Estaba realmente preciosa, sus cabellos, su perfume de siempre, esa entrada me transportó a un tiempo pasado, como a otra vida.

- Hola, disculpa mi leve retraso, pero es que...

Sin dejarme terminar la frase se me abrazó fuertemente y comenzó a llorar desconsoladamente.

No entendía a qué venía aquel llanto, ¿por qué lloraba? Traté de calmarla:

- Deja de llorar mi amor, dime cual es el motivo de tu angustia Nassay, estoy confundido.

- Lloro de alegría, de pena, de rabia, no lo sé, pero no he podido evitarlo. Perdona si te hice sentir mal, pero...

Y el mismo impulso incontrolable que me obligaba a seguir sus labios mientras hablaba, me hizo besarla, agarrándola por los brazos hundí mis labios en su boca como si quisiera meterme dentro... Pasaron unos segundos que fueron eternos y la solté temeroso de haber hecho algo inapropiado, pero la miré a los ojos y ella me devolvió la mirada con tanta pasión que dolía. Ella me agarró por el cuello y me devolvió el beso, con la misma intensidad. No adivinaba el motivo, mas no hizo falta mediar palabra alguna. Dejábamos la conversación para otro momento en el que nos encontrásemos más sosegados, sin tantos arrebatos.

En su casa se respiraba tristeza, incluso su rostro dejaba entrever un velo oscuro que tapaba su luz interior.

- Siéntate Daniel, hablemos. - ella caminó hacia el saloncillo en donde tenía una mesita de madera con cuatros sillas oscuras. La seguí y me senté en una de aquellas sillas de madera con palillos finos. Sin querer la arrastré un poco y me disculpé por ello enseguida que comprobé que al lado tenía la cuna con el pequeño dormido.

- Oh, no tengas cuidado, duerme como un lirón. Cuando se fue su padre, esta mañana, para su pueblo a ayudar a instalarse a su hermano Alain y a su sobrina Morelia, dio un gran portazo y ni se inmutó. - me dijo con una sonrisa tímida.

Con la boca abierta y mirando su retrato de boda, resonó en mi cabeza como un trueno aquellos nombres, Alain y Morelia. No podía ser que Nassay se casase con el hermano del villano que casi arruina nuestro pueblo. Tal vez no era el momento de entablar una discusión o de pedir explicaciones. Me sentía un poco incómodo por aquella situación.

Tenía que intentar que eso no me afectara, por el momento no debía hacer ni decir nada, sería una metedura de pata por mi parte.

- ¿Cómo se llama tu hijo Nassay? - traté de cambiar la orientación de la conversación.

- Se llama Ben, como su padre. Es un chico muy listo Daniel, pero no hablemos de mi hijo ¿tú también tienes familia Daniel?

Vaya, sentí que ella había quedado mal conmigo al no ponerle mi nombre al chico, como hice yo. No sabía por dónde empezar a hablarle, tenía tantas y tantas preguntas que hacerle que cuando comencé a hablar, tartamudeé, como antes, cuando me ponía nervioso.

Respiré muy hondo y traté de ordenar los acontecimientos.

¿Por dónde iba a empezar a hablarle? Tenía que contarle lo que pasó en el pueblo, pero ella estaría enterada, naturalmente comencé por lo primero que me salió.

- Nassay, tengo dos hijas maravillosas de cinco y dos años. La pequeña se llama Annie y nació el mismo día que tu pequeño. La mayor, Nassay, igual que tú.

Ella me preguntó con mucho tacto por cómo llevábamos la muerte de Sarah y qué hacía para criar yo sólo a las niñas, llevar el hotel, etc....

Agaché la cabeza y le conté que la mayor era muy lista y comprensiva, pero la pequeña no dejaba de llamar a su madre, he incluso a veces subía a mi habitación y se metía debajo de la cama para ver si su mamá está escondida allí.

- Es bastante triste Nassay pero lo vamos a superar, es por eso que me decidí a verte, porque sé que tú nos ayudarás en alguna forma.

Nassay comenzó a llenar sus grandes ojos de un cristal líquido precioso que bajaba lentamente por su fino cutis como pequeños diamantes rodando por un suave terciopelo.

Manteniéndose lo firme que pudo, me confesó que algo de eso se temía. Explicó que su marido le obligó a casarse con él, pues al no tener hombres en su familia que fuesen a la mina, no tenían otra forma de pagar, por otro lado no quería que su madre sufriese ningún daño.

En un tono de rabia e ira, me contó que no la trataba del todo bien, algo que era evidente, apenas miraba a su hijo y además era sometida a una serie de humillaciones a diario. Aquellas confesiones hicieron hervir mi sangre de rabia.

Tenía que hacer algo lo antes posible.

Capítulo 41 " Un viejo amigo "

Salí de la triste casa con la cabeza agachada y una angustia que me oprimía el pecho impidiéndome casi respirar. Me devanaba los sesos tratando de buscar alguna solución rápida para la situación de mi pobre Nassay. Algo drástico y contundente que la liberara de las garras de la cruel tiranía a la que estaba siendo sometida. En el fondo me alegré un poco egoístamente de que Nassay no se hubiese casado por amor. Al final de la calle, pude ver entre la gente un rostro que me era muy familiar. No sabía de quien se trataba, más me era conocido, seguro.

Me decidí a abordarle con la intención de que al verme se acordara de mí, eso sería mejor.

A unos metros y ya decidido a llamarle veo que me mira y alza la mano gritando mi nombre con bastante alegría.

- ¡Daniel! Hola, soy tu compañero Óscar, ¿no me recuerdas? Sí hombre, del destacamento principal. Estuvimos mucho tiempo juntos, durante la instrucción. Mi cama era justo la de encima tuya. - me dijo con acento del este.

Una gran alegría me embargó haciéndome olvidar por un momento la tragedia que traía en mi cabeza. Claro, Óscar, mi amigo Óscar el adiestrador. Un buen compañero con el que pasé muy buenos momentos junto a Tony y Alex. Él adiestraba a los perros en el ejército y lo hacía bastante bien, aunque se exigía demasiado a veces y eso le impidió conseguir graduarse cómo suboficial.

- Tenemos muchas cosas que contarnos, Óscar, ven a mi casa y charlamos un rato. Te presentaré a mis dos hijas.

Por el camino fui poniéndole al día sobre mi reciente viudedad y todas aquellas cosas que más o menos podía contarle sin que pensara que estaba loco, pues Óscar era bastante escéptico. Una vez llegamos al hotel, quedó asombrado por la magnitud de la casa y la educación de las pequeñas, se rio bastante.

Allí en mi cómodo despacho, cargado de librerías y paredes de color rojo oscuro, nos preparamos unas copas y comencé a contarle a partir de la odisea que vivimos en el campo de batalla.

Lo cierto es que nuestros compañeros Tony y Alex eligieron vivir una vida que sinceramente yo aún me pregunto por qué la rechacé.

Quizás Praxis trató de explicármelo tantas veces que tan necio me volví por aferrarme a esto que tan conocido me era.

Entonces fue cuando le pregunté a Óscar el motivo por el que estaba allí y la verdad es que me asombré bastante. No creí por un momento las palabras que estaba oyendo. Si no hubiesen salido de aquel compañero tan serio, habría pensado en todo momento que me estaba tomando el pelo.

Mi amigo me comentó muy seriamente un proyecto del que sería de vital importancia que yo me uniese. Estaban formando una brigada con un grupo de veteranos y casualmente el hombre al que Óscar iba a buscar, había fallecido. No tenían tiempo de buscar a otro y mi antiguo compañero estaba decidido a contar conmigo.

Estaban formando un grupo de soldados veteranos para una misión muy importante tras el final de la guerra. Habían llegado rumores al gobierno de que un país grande fabricaba bombas de gran capacidad y nosotros debíamos descubrirlas y destruirlas.

- Déjame pensarlo Óscar, dime dónde te puedo encontrar y prometo que en cinco días te daré una respuesta. - le contesté con la intención de terminar aquella conversación.

- Me parece justo, Daniel, estaré en el pueblo esta semana.

Nada más se marchó Óscar, me dispuse a cavilar del modo más duro posible, pues tenía dos hijas a las que criar y también estaba el asunto de mi amada Nassay. Pensé que si aquello salía bien, cambiaría el hotel por una gran residencia escuela para niños huérfanos, a Sarah eso le habría gustado mucho.

Fue entonces cuando se me ocurrió la fantástica idea de pedirle a Óscar que me librase de aquel tipo para siempre, pero él me pidió a cambio que me uniese a ellos.

Debía hacer aquello por Nassay, ella no se merecía vivir de aquella forma.

Me vestí después de quedar de acuerdo con mi compañero y me marché a ver a Nassay y contarle lo que iba a hacer.

- No sé cómo te vas a tomar esto que voy a decirte, pero no puedo vivir sabiendo que sufres, que eres tan infeliz por culpa de un villano sin corazón.

Ella se puso las manos en la boca y puso cara de espanto al principio, pero después me dijo que no quería saber los detalles y me abrazó.

- Nassay debes recoger tus cosas. Quiero que os vengáis al hotel. No hay huéspedes ya, sólo están Martha Ge, la cocinera, y las dos chicas que limpian. Yo debo marcharme unos días y sé que tú cuidarás con mucho amor a mis hijas.

Ella me contestaba a todo que sí y añadía: pero... Y otra vez: sí, pero...

Entonces la abracé con fuerza y mirándola a los ojos la besé, para acallar sus peros.

- Está bien Daniel, que así sea. Pero prométeme que volverás tan pronto como te sea posible.

- Te lo prometo, amor mío.

Cargamos sus pertenencias más preciadas en el vehículo del hotel y nos marchamos los tres.

A la mañana siguiente, poco antes del amanecer, le dejé una rosa en su mesita y me marché de nuevo hacia mi destino.

Le juré que sería la última vez que nos separaríamos y que volvería a su lado lo antes que me fuese posible. Di media vuelta y dedicándole una sonrisa le dije que nos veríamos muy pronto.

Y cinco días después de haberme encontrado a mi antiguo compañero, tenía un montón de cambios en mi vida, otra vez. Iba a convertir el hotel en una residencia para huérfanos, mi amada Nassay viviría conmigo al fin, me deshice del estorbo de su malvado marido y me disponía a realizar un gran viaje sin ni siquiera saber el destino, la duración ni nada parecido. Me embargaba una sensación inefable, como si me encontrase dentro de un sueño.

De camino a la estación, me encontraba absorto en mis pensamientos y no pronuncié ni una sola palabra.

Ya en el tren, cada vez que le preguntaba a Óscar el destino, este siempre me cambiaba de tema o directamente evadía la pregunta. De manera que ahí estaba yo, otra vez en un tren sin destino, en una nueva aventura siempre tratando de ayudar a cambiar el mundo.

Unas nueve horas más tarde y aún sin acertar el rumbo que llevaba el tren, noté que cada vez teníamos más frío, a pesar de que los radiadores del vagón estaban encendidos.

Por momentos me iba poniendo más y más nervioso hasta que ya entrada la noche, en un momento casi de pánico, me levanté del asiento y le exigí gritándole a Óscar que me dijese de una vez a dónde nos dirigíamos, cuando de repente el tren comenzó a parar y el silbato de la estación sonó.

- Esta es nuestra parada, Daniel. Tienes poca paciencia. - me dijo con asombroso sarcasmo.

Cogí mi bolsa de viaje y me dispuse a seguirle hacia la salida. A través de las ventanas del tren veía las luces de la estación a una muchedumbre yendo y viniendo con unos grandes abrigos de pieles y gorros muy particulares que tapaban las orejas de los hombres y mujeres.

Sólo pude deducir de aquello que vi, que estábamos en el norte y que el frío allí era bastante considerable.

Al salir del tren, Óscar se dirigió a saludar a un tipo que reconoció enseguida en el andén.

Reconozco que me pareció un saludo bastante efusivo para un tipo bastante corpulento.

Pasó a presentármelo diciéndome: - Daniel, este es mi amigo Steel., él nos acompañará.

Y el grandullón me dio un efusivo abrazo a mí también.

¿Steel? vaya nombre tan raro que tenía ese hombre, claro que su apariencia también me parecía rara, como si tuviese cara de llamarse así.

Por callejuelas estrechas y oscuras, nos conducía Steel hacia nuestro alojamiento. Con el frío que hacía y sin ropa adecuada, después de media hora caminando por aquella fría ciudad llegamos a nuestra posada.

En un callejón sin salida, al fondo, había colgado en la pared un farolillo rojo con una luz tenue que indicaba qué clase de sitio podía ser ese.

No podía dar crédito ¿a qué clase de lugar me había llevado esa gente? ¿Dónde estaba el hotel?

Todo apuntaba a que eso era nuestro hotel. Un burdel clandestino en un callejón sin salida. ¡Terrorífico!

El tipo raro llamó a la puerta con tres golpes fuertes y secos, como si estuviese dando una contraseña.

Una voz femenina se oyó tras el portón.

Steel confirmó que éramos nosotros y la puerta se abrió.

Una señora de unos cincuenta años, con bastantes kilos de más, pelo castaño algo despeinado, la cara tan pintada como un payaso, unas medias de red de color rojo y una falda tan corta que sólo le tapaba la mitad de aquellos enormes muslos. Su negro jersey de cuello alto ajustadísimo, daba la sensación de que era lo único que sujetaba sus descomunales pechos.

Un olor muy desagradable, mezcla de alcohol y tabaco huía de aquel antro por la puerta.

La amable señora nos hizo pasar y habló algunas palabras al oído con Steel.

Nos invitó a que la siguiéramos a nuestra habitación. Al final de un oscuro pasillo lleno de puerta cerradas sólo con cortinas, comenzaban unas escaleras con peldaños tan pequeños que no me cabía nada más que la mitad del zapato. La mujer iba delante subiendo calmadamente, yo detrás de ella y Óscar y Steel detrás de mí.

Pasado el primer piso, la señora tomó cierta ventaja y una de las veces que miré arriba vi sin querer el interior de su corta falda y pese al sema oscuridad, tenía claro que aquella mujer no usaba ropa interior.

Ella se percató de que la había mirado y por mi cara, se dio perfecta cuenta de lo que había visto.

Se paró y girándose me sonrió continuando su provocativo ascenso. Volví la cabeza hacia atrás para ver dónde estaba Óscar y un gesto sonriente de su cara me hizo entender que estaba al tanto de todo.

Ya en la tercera planta, llegamos a un rellano con dos puertas, a cual más sucia y rota.

Maldije en silencio mil veces a mi amigo por haberme llevado a aquel tugurio. Un sitio deprimente y sucio, con un olor a podrido mezclado con el del alcohol y el tabaco de abajo, provocaba arcadas al más resistente de los estómagos.

La mujer se paró delante de una puerta, la abrió y entraron Óscar y Steel y cuando estaba pasando yo me agarró por la entrepierna y me susurró con su extraño acento: - Llámame para lo que se te ocurra.

Uf, ¡me faltó el aire! casi se me para el corazón y no sabía qué decirle a mis compañeros. Cuando la señora comenzó a bajar las escaleras, ambos comenzaron a reírse a carcajadas detrás de mí.

Steel se despidió de nosotros y le dijo a Óscar algo en un idioma extraño para marcharse seguidamente.

Colchones polvorientos mesita con dos cajones. Abrí el primero y encontré un trozo de vela gruesa algo gastada, pero se podía encender aún. No tenía ventanas ni cuarto de aseo, en su defecto, una palangana en un rincón que creí adivinar que en su día fue blanca. Tras exponerle mis quejas a Óscar, éste me hizo entender que si estábamos allí era por una razón de peso y que no me llevaba de vacaciones. Hizo que me sintiese algo avergonzado por mi actitud quejumbrosa y tuve que pedirle disculpas.

Capítulo 43 " Momentos comprometidos"

Sentados en los polvorientos catres, Óscar y yo, recordábamos viejas anécdotas, cuando de pronto alguien golpeó la puerta con dos toques secos. Asustado me apresuré a coger mi arma de la bolsa de viaje y me puse junto a la puerta, pegado a la pared con mi arma cargada y levantada, a punto para disparar. Óscar preguntó quién era.

- ¡Bolas de nieve! - contestaron

- Esa es la contraseña, Daniel. Puedes bajar el arma. - me dijo mientras me sujetaba la mano con un gesto tranquilizador.

Abrió la delgada y vieja puerta e hizo pasar al nuevo compañero. Era un tipo negro, alto con espaldas anchas y fuertes brazos. Llevaba una pequeña argolla dorada en la oreja izquierda. Me pareció muy simpático. Se llamaba Lurbe.

- A primera hora nos espera el transporte para ir a la base de entrenamiento. - dijo Lurbe con su voz grave.

En ese momento vi que Lurbe tenía que dormir allí con nosotros, pero ¿dónde? esa sería otra cuestión.

Para mi asombro, mis compañeros se quitaron los abrigos, los zapatos y se acurrucaron, bien apretados en uno de aquellos pequeños catres.

Boquiabierto, algo avergonzado e incómodo por la extraña situación, me quité el abrigo y me metí en mi cama. Hablaban entre susurros, Óscar me miro y comenzó a explicarme que pensaba contármelo en el campamento para que no condicionase mi decisión sobre la misión a realizar. Me contó que Lurbe y él eran pareja desde que acabó la guerra y que lo llevaban en secreto desde entonces.

- Si hay algo que te molesta, dímelo sin reparo, por favor.

Sin palabras, no me esperaba esa situación ni en un millón de años. Todo aquello me pareció tan surrealista que debía despejar mi mente antes de hacer algún comentario al respecto. Apagué la vela y les dí las buenas noches.

No habrían pasado diez minutos cuando me levanté muy nervioso, encendí la vela y les dije:

- Disculpadme, no puedo dormir. Creo que voy a bajar a tomar algo, subiré en un rato.

Me puse otra vez el abrigo y bajé aquellas sinuosas escaleras con bastante miedo de resbalar, pues los pies no me cabían en los escalones.

Llegando ya al primer piso oía gemidos de personas que parecían estar haciendo el amor o algo parecido. Una fuerte discusión ocurría tras otra de aquellas cortinas y la tenue luz que alumbraba el pasillo parpadeaba dando una sensación muy indeseable. Llegando a la planta baja me topé con la señora de los enormes pechos y la original ropa interior en una postura un tanto comprometida, con su cara entre las piernas de un señor mayor que se agarraba a los estrechos escalones mientras le colgaban las babas. A juzgar por su cara, se lo estaba pasando realmente bien. ¡Qué patético! Daba bastante asco.

Salté como pude por encima y me acerqué a la barra. Me senté en un taburete y le pedí al camarero algo fuerte para evadirme de lo que estaba viviendo. El camarero no me entendía por lo que tuve que utilizar el lenguaje universal de los gestos. No sé lo que entendió, pero me puso una copa de rayos y centellas que casi acaba conmigo.

Pocos segundos después de ingerir aquel brebaje, perdí la vista y el equilibrio.

No recuerdo lo que pasó después, pero a la mañana siguiente desperté en una gran cama con la mujer de los grandes senos, completamente desnuda a mi lado, roncando como una locomotora.

Lo más rápido que mi cuerpo me respondió, me vestí y salí de allí para ir a buscar a mis especiales compañeros cuando me los crucé en el camino.

- ¿Así que ahí es donde has estado toda la noche? ¡No tienes escrúpulos en cuanto a las mujeres, Daniel!

 - dijo Óscar entre carcajadas.

Lurbe también le vio el lado gracioso, pero entre el enorme dolor de cabeza y la imagen tan terrible con la que acababa de despertarme, a mí no me hacía ninguna gracia.

- Hemos bajado tus cosas, compañero. El globo nos espera.

¿Globo? ¿Ahora íbamos a volar en globo? La idea de meternos los tres en una cesta por los aires no me atraía nada por lo que me encomendé a Dios, a todos los santos y vírgenes que se me ocurrieron en el momento, para que fuese algo corto al menos.

Parecía que en mi vida jamás iba a poder decir que había hecho de todo, pues siempre me sorprendía a mí mismo con nuevas aventuras y empresas como aquella que me ocupaba.

Era una forma de vivir un tanto cansada, al menos yo necesitaba parar todo ese desasosiego que rodeaba mi existencia. Durante un tiempo necesitaba vacaciones, unos diez o doce años me bastaban, aunque dada mi afición a meterme en semejantes berenjenales, sinceramente lo dudaba.

De modo que allí íbamos los tres, decididos a montarnos en ese artilugio y volar cuan ave migratoria por los cielos de saber Dios qué país, para ir a algún sitio perdido en ninguna parte, un campamento en medio de montañas, alejado de toda vida.

Dimos un largo paseo desde nuestra estancia hasta el lugar de embarque. La ciudad era muy distinta por el día, pues todo no eran callejones oscuros y calles sinuosas como cuando llegamos.

Todo blanco por la nieve, aceras, tejados, árboles, un paseo agradable. Recuerdo que vi fugazmente a niños tirándose bolas de nieve y a un perro persiguiendo a un gato gris que saltó encima de una estatua para salvar su vida, en fin, todo muy animado.

Tras un paseo de unos treinta minutos, llegamos a ver el globo que estaba dentro de un cercado, junto a un granero a las afueras ya de la urbe. Un hombre bajito y regordete, con una gran barba gris llenaba el globo con aire caliente que producía con un quemador que accionaba con una cuerdecilla. Recuerdo bien el sonido tan particular que emitía, era como un pequeño rugido.

La cesta era bastante grande, con cuatro sillas tapizadas y un gran cofre de mimbre rectangular.

Le pregunté a Óscar si el anciano también nos acompañaba.

- No, el cuarto asiento era para el primo de Lurbe, pero ha fallecido en la última misión hace unas semanas.

Me dirigí al compañero y le di el pésame. Lurbe me lo agradeció con un abrazo sincero y me dijo que estaban muy unidos.

 - ¡Bien señores! ¡Esto está listo! ¿Se suben? - gritó el viejo.

¡Qué nervios pasé! Jamás me había despegado tanto del suelo estando consciente como lo iba a hacer en aquel momento. El señor mayor nos deseó suerte y cortó las cuerdas que nos sujetaban al suelo. El artefacto comenzó a elevarse lentamente a la vez que se giraba, mientras yo no podía apartar la mirada del suelo y observar cómo todas las cosas se iban encogiendo cada vez más.

Al principio la sensación era como de mariposas en el estómago, después vinieron las náuseas y a los veinte minutos me senté a disfrutar de las vistas. Menos mal que pasó aquel mareo y la angustia. Lurbe se encargaba de calentar el aire del globo y Óscar comprobaba la brújula y hacía los cálculos. Después de dos o tres horas volando encima de la nieve, pude divisar a lo lejos el fin de aquel inmenso mar de nieve. Unas grandes praderas verdes con muchos árboles de flores blancas y hojas de color rosado.

Nunca había visto hojas de color rosa y desde arriba presentaban una visión espectacular, pero ese paisaje me hizo recordar a mis niñas, las imaginaba jugando en los jardines de la casa con el incansable perro Oli ladrando a su lado. ¿Cómo estarían llevándose con Nassay? ¿Estaría contenta ella de estar allí con mi familia? Cielo santo, cuantas ganas tenía de regresar con ellas y casi acababa de marcharme.

Lurbe soltó el fogón y sacó una bolsa del interior del cofre con pan, cerdo curado y zanahorias.

- Vamos a comer algo compañeros pues aún nos queda mucho camino.

Y diciendo esto, Óscar se puso a rebuscar detrás de unas cuerdas. Sacó una botella de vino y haciendo un gesto gracioso, todos comenzamos a reírnos. Disfrutamos de un buen almuerzo, entre bromas y risas, con lo que el trayecto se nos hizo más corto.

Capítulo 45 " Un bulo "

Estaba atardeciendo y hacía rato que la pradera dio paso al desierto. Advertí unas pequeñas montañas en la lejanía, fue entonces que divisé el campamento a los pies de una ladera. Grandes barracones de madera, algunos aeroplanos nuevos y camionetas. Se podía distinguir un gran vallado, de varios kilómetros diría yo.

Una luz destellante haz de luz me daba en los ojos, era una señal. El compañero Lurbe se apresuró a coger un espejo pequeño del bolsillo de su chaqueta para devolver esas señales.

-Ya nos han visto, amigos. Preparaos para el aterrizaje.

Un ataque repentino de estornudos me sobrevino de pronto y apenas podía abrir los ojos. Óscar y Lurbe se reían de mis escandalosos estornudos, mas nada podía hacer para evitarlo, aquel gesto involuntario no se podía parar.

- Debe ser por las flores de estos árboles ¿A vosotros no os pasó nunca? - les dije enfadado.

El globo comenzó un suave descenso mientras los compañeros se apresuraban en controlar los escasos aparatos que poseía aquel cacharro, para no darnos un fuerte golpe contra el suelo.

En tierra nos esperaban varios oficiales con negros uniformes y gorros de lana que a primera vista y de no ser por sus galones, parecían simples marineros lejos del mar.

Nos saludaron al estilo castrense y a continuación nos abrazaron cordialmente a la vez que nos preguntaban cómo nos había ido el viaje, etc.

- Mayor Jarni Tracé, le presento a nuestro nuevo compañero, el teniente Daniel Blond.

- Encantado hijo, espero que se adapte pronto y cumpla con su misión. - me dijo el Mayor agarrándome el brazo.

¿Teniente? Óscar se confundió, me degradaron de sargento a cabo, ¡nunca fui teniente!

Debía hablar con él y aclarar eso antes de que me causara problemas.

Un cabo nos acompañó a nuestro barracón, una cabaña de madera muy acogedora y con bastantes detalles.

Parecía confortable. Tenía dos literas dobles, una a cada lado de la chimenea. Un baño grande con bañera y agua caliente. Una mesa con cuatro sillas y hasta un aparato de radio, claro que allí no se sintonizaba ninguna estación emisora. Al parecer todas las cabañas eran así, un campamento de cinco estrellas. Me encantó aquella habitación, tan acogedora, con esos armarios, con perchas y todo.

Encima de cada cama teníamos los uniformes con nuestros nombres y me hizo preguntarme dos cosas.

En la cama de abajo a la derecha había un uniforme con mi nombre, pero ¿quién les dijo mi talla? y en la cama de arriba había otro uniforme con el nombre de Irene. ¿Teníamos una chica con nosotros?

Dos golpes secos sonaron en la puerta y se abrió. Una guapa chica pelirroja con el cabello rizado cruzó la puerta y dijo:

- Se presenta el sargento Irene Corsa. Voy a ser vuestra compañera mientras dure esta misión.

- Hola Irene, pasa, este el Lurbe, este Óscar y yo soy Daniel. Creo que tu litera es la de arriba. - le dije señalándole su uniforme.

Parecía una mujer bastante ruda, muy seria quizás. Aunque

era demasiado pronto para juzgarla.

El sargento Lurbe comentó en ese instante que tendría que llevar por las noches un quinqué atado a su trasero, pues con aquel uniforme y su cara nadie le vería.

Grandes carcajadas se oían por toda la estancia, incluso la nueva con lo sería que parecía se desternillaba de risa.

Lurbe se puso a cambiarse allí mismo, delante de la chica y sentí algo de vergüenza por ella y solté un carraspeo fuerte para llamar su atención.

- No tengo ningún problema en ver el cuerpo de ningún hombre y menos el del sargento que está bastante cuidado.

Entonces Óscar exaltado le dijo:

- Se ve pero no se toca bonita, ¡ese cuerpo tiene dueño! ¡Que te quede claro!

Y nuevamente las carcajadas entraron en la cabaña con la intención de quedarse, hasta que una voz salió por los megáfonos llamándonos a presentarnos uniformados.

Sin haber cenado y después del duro viaje, nos pusieron a correr por los alrededores del campamento. Para que lo fuésemos conociendo, dijeron. Cuatro vueltas a todo correr antes de la cena me sentarían muy bien.

Aquellos megáfonos iban a ser nuestra peor pesadilla. Sonaban a cualquier hora, en cualquier momento. De día o de noche, el duro entrenamiento no tenía horario.

En los pocos ratos libres, se estaba bien allí, se respiraba fraternidad. Nos divertíamos mucho los cuatro y Lurbe e Irene hacían apuestas sobre los pulsos que se echaban. Una mujer muy especial pero a la vez muy opaca, guardaba algo dentro que le daba un aire misterioso. Quizás algún día nos contaría sus problemas.

A las pocas semanas quise irme, tirar la toalla, ya no podía continuar con esos entrenamientos, sin apenas dormir era muy agotador. Deseaba irme con mis niñas y mi bella Nassay con todas mis fuerzas.

Una mañana el mayor vino a verme y me dijo que se me había asignado piloto.

Un viejo que siempre estaba borracho, vaya suerte. Debía ir con él en misión de reconocimiento y tomar nota de todo lo que pudiese ver. Primero sobrevolaríamos el territorio a inspeccionar, para más tarde parar en las afueras y aguardar a la noche. Suponían que eran fábricas de bombas y yo personalmente debía comprobarlo y regresar con la información correcta, pues en mis manos estaba el impedir una gran guerra, terrible e inminente.

El hecho de que no hubiese vigilancia alguna en los alrededores me resultaba muy extraño. Subido a un árbol, mirando con mis prismáticos no vi nada que pareciese sospechoso.

Ya entrada la noche y seguro de que nadie se encontraba en el recinto de la fábrica, entré para ver de cerca lo que allí se cocía.

Esa era mi misión y deseaba que allí acabase. Realmente fabricaban bombas, pero de presión para el agua. Nada de explosivos, nada de armas, nada de nada. Todo fue un bulo de gentes con intereses en hacer una guerra, alguien con mucho interés en aquel tipo de conflictos.

Me di la vuelta y eché a correr hacia el avión. Desde lejos le gritaba al piloto para que arrancase la avioneta y tirase la botella que bebía de una vez.

Cuando llegué al campamento y le conté al mayor lo que vi, no salía de su asombro.

Tras aquello se mandaron tres expediciones más y todas obtuvieron los mismos resultados, no había de qué preocuparse.

Ya no tenía sentido que siguiésemos allí, entrenándonos.

De modo que al final de aquella semana, el mayor Jarni Tracé, nos comunicó que se irían sorteando las licenciaturas para que no nos fuésemos todos de golpe y levantásemos alguna duda internacional.

Tras el anuncio, todos dábamos gritos y saltos de alegría. Incluso preparamos una buena fiesta, con un escenario donde cada uno de nosotros saldría a hacer aquello que se nos daba mejor, cantar, contar historias, etc....

Óscar salió a contar chistes, disfrazado de aún no sé qué. Yo le propuse a Irene bailar y rápidamente me rechazó.

- No se bailar ¿acaso tengo cara de que me guste bailar? me dijo gesticulando con las manos.

- Bueno, yo tampoco soy barín, tú sólo déjate llevar y todos nos divertiremos. Te lo ruego, quizás no nos volvamos a ver más.

Entonces ella accedió a regañadientes con la condición de que la dejase subirse a mis pies.

Un compañero comenzó a tocar el acordeón y nosotros empezamos a bailar. Dimos vueltas y vueltas hasta que tropecé y me caí de espaldas en el escenario con ella encima.

Se tapaba la boca a la vez que se moría de la risa. La besé en la mejilla y le pedí disculpas. Todos nos reímos, bebimos y nos reímos más.

Lurbe salió a contar la anécdota del burdel, en donde yo amanecí en aquellas terribles condiciones.

Al final de la noche, acabamos cada uno por un sitio, tirados por ahí. Algunas chicas sin camisas después de haberlas perdido en apuestas de cartas. El mayor acabó dormido en el ala de un aeroplano, todo fue memorable.

Lo cierto es que estuve en aquel campamento dos meses, pero fue un tiempo muy intenso y llegó a resultarme infinito.

Me despedía de mis compañeros Óscar y Lurbe, de Irene lo hice de algún modo diferente pues a ella no la vería más. A todos les deseé toda la suerte del mundo en sus vidas y les pedí que me visitasen algún día. Óscar y Lurbe estaban felices de estar allí, era lo que les gustaba y la única forma de dormir juntos sin que nadie pensase nada fuera de lo común.

A la mañana siguiente me encontraba de vuelta a casa. Se me hacía largo y cansino el viaje, no veía el momento de llegar a ver el sendero que llevaba a mi reino, donde mi amada Nassay y mis dos soles aguardaban mi llegada. En verdad me olvidé del pequeño Ben, el pedacito de Nassay.

No podía dejar de preguntarme cómo les habría ido a mis mujeres en mi ausencia y si Nassay tendría algo preparado para la transformación del hotel, eran muchas dudas, dudas que tardaría a las varias horas en saber.

Me dí una cabezadita, ya en el último tren que tomé para que el tiempo me pasase más rápido y así fue.

Cuando me vine a dar cuenta, el silbato de la estación anunciaba la última parada, mi casa.

Nada más bajarme busqué a un mozo para que me consiguiese un transporte para llegar lo antes posible.

Desde el sendero que llevaba a la puerta del hotel, oía risas de niños jugando y los inconfundibles ladridos de Oli, el fiel perro niñera Al fin en casa.

En cuanto me vieron, gritaron todas corriendo hacia mí,

incluso Nassay y su pequeño, fue algo conmovedor y me arrodillé para recibirlos. No pude evitar alguna lágrima de emoción al ver como se abalanzaban sobre mí en tropel. Creí que aquel momento nunca llegaría, ¡ya parecíamos una gran familia!

Como el atardecer pronto daría paso a la noche, hablé poco con los pequeños, después de cenar debían acostarse pronto. Mi bella Nassay me colmaba de besos y caricias y parecía que tenía planes para mí.

Ya con todos los pequeños acostados y aquella gran casa para nosotros solos, decidimos preparar un buen baño de espuma, bien caliente. Nassay rodeó toda la bañera con velas y encendió la chimenea. Entré en el baño y creí estar soñando, pues allí estaba ella, recogiéndose su hermoso cabello dejando que la tenue luz de las velas dejase entrever su hermosa silueta bajo sus vestiduras. Con un solo gesto, se desabrochó el camisón y este cayó al suelo como algo pesado. Me apresuré en desnudarme, pues ella me llamaba con su dedo.

Me mostro todos sus encantos una vez más pero con algunos años de diferencia desde la última vez y la verdad es que Cronos la había tratado muy bien.

Nassay se metió suavemente en el agua que desprendía vapor, como la orilla de un río en una mañana de invierno. Qué bella mujer, aun no podía dar crédito a mi suerte.

Allí, juntos en la bañera pasamos varias horas, actualizándonos después de tanto tiempo. Ya el agua se enfrió y su piel erizada me decía que cambiásemos a un escenario más cálido. Yo la sequé con la toalla poco a poco, como si fuese una pintura mojada y tuviese miedo de borrarla. Caímos en la cama llenos de amor y de pasión hasta que los rayos de alba cayeron sobre nuestros rostros en la mañana y nos despertaron.

El día comenzaba y cientos de inquietudes se apresuraban en mi cabeza, mas aunque lo deseaba no podía hacerlo todo al tiempo. No había un momento que perder.

Desperté con besos a Nassay, me levanté y bajé en busca de Martha para que preparase un buen desayuno, pues el día iba a ser largo e intenso.

En el comedor, todos sentados frente a un desayuno digno de reyes, comencé a repartir tareas y apuntar detalles importantes que se debían cumplir con prontitud si quería llevar a cabo la idea del hogar infantil.

Primero debíamos reformar algunas cosas de la casa e instalar más camas, traer más sillas y mesas, preparar el jardín con más columpios y toboganes.

A medio desayunar, me despedí de la familia arrojando la servilleta en la mesa y fui al pueblo a contratar a algunos hombres para que me ayudasen. Después pondría en conocimiento del alcalde mi intención y tendría que solicitar también a algunos profesores a la agencia de empleo.

Un gran alboroto se apoderó de aquel antiguo hotel, un incesante ir y venir de personas trabajando perturbaron en gran medida la paz que le prometí a Nassay, pero el fin justificaba los medios en este caso.

La intención final, el objetivo verdadero de todo aquello no era otro que el de dar una utilidad maravillosa al patrimonio de Sarah, hacer con su dinero algo de lo que ella se hubiese sentido orgullosa, por otro lado yo sentiría que redimía algunos de mis pecados con todo el trabajo hecho.

En poco más de un mes, el hogar estaba listo para abrir sus

puertas. La casa contaba con grandes habitaciones capaces de acomodar a seis niños cada una sin ninguna falta de detalles. Una gran aula con cabida para treinta pequeños, al menos. Una buena biblioteca, una zona especial para los más bebés, varios cuartos de baño.

Teníamos a tres profesores interinos además de la siempre fiel cocinera, la señora Martha Ge y dos nuevas cuidadoras, las chicas del servicio de lavandería y limpieza, ahora con un nuevo puesto.

Poco a poco fueron llegando niños de los saturados albergues y residencias cercanas y el sueño de Sarah se cumplía: tener toda la mansión llena de niños.

A comienzos del verano Nassay me dijo una noche sentada en el porche, bajo el manto de estrellas y con el sonido de los grillos como música de fondo, que se sentía cansada por todo aquel estrés y que apenas teníamos momentos de paz e intimidad.

- Amor mío, sé perfectamente cuan estresante y agitado resulta todo esto para ti, pero te has adelantado a mis planes. He comprado el terreno que va desde el lago hasta los árboles en donde nos sentamos juntos la primera vez, allí en nuestro pueblo y he construido una casa para nuestra familia, para nosotros y nuestros siete hijos.

- ¿Siete hijos, Daniel? - me contestó con cara de espanto.

- ¿Acaso te ha sentado mal el vino de la cena? ¿Si sólo tenemos tres?

- Cierto, de momento tenemos tres, pero quiero tener al menos cuatro más contigo, ¿sabes?

Una gran carcajada salió de su alma contestándome que

tendríamos que discutir eso del número de hijos más, abrazándome fuertemente hasta que me hizo caer de la silla en la que estaba sentado y ambos nos reímos en el suelo, mientras Oli nos lamía la cara a los dos.

Lo cierto era que a pesar de tener un considerable número de personas trabajando allí, ante cualquier duda siempre acudían a Nassay, de día o de noche. No podía pagarle su esfuerzo con esa responsabilidad, por lo que me decidí nombrar como directora y responsable última a la única persona que tenía edad, conocimientos y entereza para llevar adelante a una familia tan grande como era la del hogar infantil de Sarah, la señora Martha.

Con una buena paga mensual y la mitad de toda aquella finca en propiedad, aceptó sin dudar, así que a nosotros sólo nos que daba una cosa que hacer, cargar con nuestras pertenencias más preciadas y partir al sitio del que nunca debimos salir, a nuestros orígenes.

En un par de días teníamos nuestra ropa en maletas y más o menos todos los cabos atados.

Y nos fuimos de allí, mis hijas Nassay y Annie, el pequeño Ben y mi amada. Tal vez algunos detalles se me escapan en esta historia, pero es que el tiempo no perdona.

Dejamos atrás unos años intensos repletos de altibajos, con alegrías, tristezas, amigos, enemigos, seres odiados y amados para regresar al fin y disfrutar de la felicidad de otra vida.

... CONTINUARÁ.

** *Mis Agradecimientos* **

Dicen que el ser agradecido es de ser bien nacido y quiero pensar que lo soy.

Como dijo Robert Nathan, "Debemos dar las gracias a la pena porque nos muestra compasión, al dolor que nos enseña coraje y al misterio que sigue siendo un misterio"

Quiero agradecer realizando esta novela a todas las musas que me inspiraron y a todas las personas que me dieron su ayuda y apoyo, pues recibí las fuerzas necesarias para empezar y terminar este trabajo, además de seguir animándome para que continúe escribiendo todo lo que ocurre en lo que yo llamo "mi mundo".

Especialmente agradezco el hecho de haber terminado mi primera novela a mi esposa Eva, la incondicional, pues es la portadora del coraje que a menudo me falta y aunque a veces me mata, después me resucita.

Debo agradecer también a todas aquellas personas que se rieron y burlaron sin piedad, afirmando que jamás sería capaz de hacer nada, pues me ofrecieron toda la rabia necesaria para demostrar que puedo ser quien yo quiera.

Agradezco a mi "seño favorita" su gran ayuda desinteresada y el haberme obligado a escribir también teatro, pues fue una experiencia inolvidable. Muchas gracias a todas aquellas editoriales que me rechazaron por no ser rico o famoso, pues esas no merecían lucrarse con mi obra. A todos esos "jueces compadreros" que no valoraron mi novela, pues aquellos quienes recibieron su favor, han caído en el olvido.

Sobre todo debo agradecer al amor y a la pasión, pues son la fuente principal de mi inspiración.

Dedico esta historia a todas aquellas mujeres que anhelan el verdadero amor y el romanticismo, la auténtica pasión que sólo el corazón humano es capaz de dar y sentir.

Gracias a todas las que se emocionaron con mis palabras y comentaron sobre ellas para enriquecerlas aún más.

A todas ellas y por las lágrimas que derramaron, les debo una nueva historia de amor.

Por último y más importante, quiero también dedicar mi novela a mi pequeña Nerea, una gran artista y persona que de seguro cuando tenga edad para leerla, le encantará saber que también por ella, su padre pudo realizar su gran sueño:

Enseñar a las personas a disfrutar de otra vida.
... y como lo prometido es deuda para mí, mi segunda hija lleva el hermoso nombre de Morelia.

G R A C I A S

спасибо

شكرا

Спасибі

Thanks

感謝

Dank

谢谢

Grazie mille
Obrigado

דאַנק

www.ingramcontent.com/pod-product-compliance
Lightning Source LLC
Chambersburg PA
CBHW050534160726
48003CB00002B/583